# 時空《とき》の巫女《みこ》

新装版

今野 敏

ハルキ文庫



角川春樹事務所

# 時空の巫女

# 1

「だからさ、今だからこそアイドルなんだよ」

ナカネ企画の代表取締役社長、中根《なかね》純也《じゅんや》が言った。

呼びつけておいて何の話かと思えばと、飯島英明《いいじまひであき》は投げやりな態度でそっぽを向いた。

社長室の中は神経質なくらいに整頓《せいとん》されており、飯島のオフィスとはえらい違いだった。ソファの脇《わき》には大きな観葉植物が置かれている。カーペットは落ち着いたグレーで、ホテルのロビーのような部屋だとここに来るたびに飯島は感じていた。

ナカネ企画は、中堅の芸能プロダクションで、五十人以上の歌手、タレント、俳優を抱えている。

飯島英明はそのナカネ企画の百パーセント出資子会社である原盤制作会社ミューズ・レーベルの代表取締役社長だ。ミューズ・レーベルの規模は小さく、社員は二十名ほどに過ぎない。このところ、人気バンドをいくつか抱え、景気は悪くなかった。ナカネ企画は、目黒区青葉台にあるビルのテナントとして三、四、五階を占めており、ミューズ・レーベルは、山手通りを挟んだ東山一丁目に建つビルの四階と五階に入居していた。

金曜の午後、突然中根から電話がかかり、すぐに来いと呼び出されたのだ。飯島は、ビルの五階にある社長室にやってきた。すると、突然、中根はアイドルを手がけてくれと言いだした。

「たまげたな」

ソファに深々と腰を降ろしていた飯島は脚《あし》を組み直して言った。「俺《おれ》に現場に戻れと言うのか？ 俺はもう五十歳だ。あんたと同じ年なんだよ」

「それがどうした？」

「体力も気力も若い者にはかなわないということさ。逆の立場だったら、あんたはどう思う？」

「おまえがただの中年男なら、こんなことは頼まんさ。かつてアイドルメーカーと呼ばれたおまえだから頼んでいるんだ」

頼んでいる？ 違うな。おまえは命令しているんだ。

飯島はそう思ったが口には出さなかった。

「ミューズ・レーベルはバンドが売り物だ。アイドルはお門違《かどちが》いだ」

「今たまたまバンドが売れているだけだ。この先はどうなるかわからない。私たちは常に一歩先を考えていなければならない」

「それでアイドルか？」

飯島は皮肉な口調で言った。だが、中根は気にした様子はなかった。

「そうだ。プロダクションにとってアイドルほどおいしいものはない。バラエティー、音楽番組、ドラマと出演できるテレビ番組の幅も広い。CMも決めやすい。イーハン・リャンハンが付けやすいんだ。顔が売れれば、CDの売り上げもそこそこ見込める。バンドみたいに移動に金も掛からない。バンドは金と手がかかる」

「イーハン・リャンハンを付けるだって？　今時そんな言い方をしたら笑われるぞ」

「古い言い方だが、これは鉄則だ」

イーハン・リャンハンを付ける。これはCD発売に際してタイアップなどの話題作りをすることを言う。今ではそれは常識になっており、CM絡《がら》みやドラマの主題歌でなければなかなかCDを発売することはできない。

新人のデビューとなれば、もっと大きな話題作りが必要となっている。

「俺の実感から言えば、そうそう簡単にアイドルは生まれない。素材と運に恵まれて初めて土俵に上がれる。問題はその後だ。一時期のアイドルブームの頃ほどではないが、年間何人ものアイドルがデビューしては消えていくんだ」

「だがな、考えようによっては、今はアイドルは売りやすい時代かもしれない。漫画の雑誌のグラビアをアイドルが飾るようになった。インターネットもある。露出のチャンスが格段に増えた。それに、アイドルマニアという連中がいて、いろいろな同人誌を作っているし、雑誌メディアでもアイドルを扱うものが増えている。アイドルの定義もずいぶんと広がった。バラドルだのパソコンアイドルだのというのもいるし、束《たば》モノと呼ばれるグループアイドルは単独ではとても売れないような女の子をスターにしている。AVやフーゾクの世界でもアイドルが生まれているんだ」

「おまえなりに勉強しているということか。だがな、芸能界というところはそう甘いところじゃない。最新の流行と昔ながらの体質が同居している。その昔ながらの体質というのがなかなかたいへんなんだ。きれいごとじゃ済まない。アイドルマニアの先物買《さきものが》いは、所《しょ》詮《せん》アイドルごっこでしかない。実際の仕事となるとしんどいんだ。芸能界でアイドル一人生み出すためにどれだけの人脈を必要とするか……」

「おまえなら、その人脈を持っている」

「テレビ局には、もう俺が現役の頃のプロデューサーは一人もいない」

「だが、おまえの名前はまだまだ業界では通用するよ。とにかく、わが社としては今後アイドル部門の強化を図《はか》ることにしたんだ」

「俺は原盤制作会社の人間だ。アイドル発掘ならおまえの会社でやればいい。そのための部署だってあるはずだ」

中根は、急に悲しそうな顔つきになった。哀れを誘う表情だ。若い頃から困ったことがあるとよくこの顔をして見せる。

それが演技かもしれないと思いながら、逆《さか》らうことができなくなる。中根の人徳と言えるかもしれない。

「私はもう一度、おまえとわくわくするような仕事がしたいんだ」

中根が言った。「お互いにもういい年だと思っている。だが、本当にそうか？　やり残したと感じることはないのか？　二人でプロダクションを切り盛りしていた頃のことを思い出すことはないか? いや、二人が初めて会った頃のことを思い出すことはないのか?」

中根はこうしたことを恥ずかしげもなく言ってのける男だ。またそうしたことが言えるタイプの人間でもある。五十歳になる今も、トラッドファッションをかたくなに守っている。万年青年のような印象がある。

結局、こうして説得されてしまうのだな……。

飯島は心の中でそうつぶやいていた。

中根には逆らえない。飯島はあくまで子会社の社長という立場だ。しかも、中根は見かけによらずしたたかで、もしここで飯島が断っても、搦手《からめて》で結局は思い通りに事を運ぶのだ。それがわかっていた。

長い付き合いで、無下《むげ》に断れないということもあった。飯島と中根はレコード会社のディレクターとして同期で入社した。

数年後、二人はある大手プロダクションに引き抜かれ飯島は原盤制作のディレクターとなり、中根はマネージャーとなった。

レコードには、原盤権というものがある。原盤権を持つものはその権利料を独占できるが、同時に制作にかかる費用をすべて負担しなければならないというリスクが伴う。

かつては原盤権はレコード会社が持っていたものだが、一九八〇年代から急速に外部原盤が増えていった。制作費をかけるリスクを回避することが目的だった。この頃から、レコード制作にかかる費用は加速度的に増加していった。それはニューミュージックのブームと無縁ではなかった。

それまで、一発録《いっぱつど》りだった録音が、十六チャンネル、二十四チャンネルといったマルチレコーダーを使用したものが主流になっていった。アーチストたちは音に凝《こ》るようになり、スタジオの使用時間や使用機材は格段に増えていった。

原盤権を持っていれば、売れたときの収入は大きいが、売れなかったときは制作費が丸《まる》損《ぞん》というリスクを抱えることになるわけだ。制作費の増大とともにレコード会社はそれだけのリスクを抱えることができなくなりつつあった。

それに代わって原盤権を担《にな》いはじめたのが、売れっ子のミュージシャンを持つプロダクションだった。

原盤権とは別に、音楽出版権というものがある。これは、楽曲に対する権利を言う。プロダクションは早くから音楽出版権も管理するようになっていた。抱えているアーチストが作詞作曲をするケースが増えていったからだ。こうして、レコード制作に関《かか》わるすべての権利を有する傾向が強まり、レコードメーカーは生産と販売、宣伝だけを担当する割合が増えていった。

外部原盤の場合、レコード会社のディレクターと原盤制作会社のディレクターが共存することになる。スタジオにおいてどちらが発言力を持つかは、ケースバイケースだが、多くの場合原盤制作会社の意向が重視される。

飯島は原盤制作ディレクターの仕事を始めてからもう二十年以上になる。ツキにも恵まれたのか、若い頃に次々とアイドルもののヒットを飛ばした。彼が手がけるアイドルは皆スターとなった。

華やかな時代だった。

世の中全体がバブル景気で浮かれていたような気がする。雨後《うご》の筍《たけのこ》のように小さな芸能プロダクションができた。電話一本、マネージャー一人という事務所も珍しくはなかった。だが、その後バブルの崩壊とともに多くの弱小プロダクションが消えていった。

中根の経営手腕と人徳で、ナカネ企画は生き残った。しかし、経営が苦しいことはわかっていた。アイドルのスターが生まれれば、ナカネ企画にとってもミューズ・レーベルにとっても救世主となることは間違いない。

中根が言うとおり、アイドルはバンドなどに比べると経済効率が抜群にいい。

飯島はソファにもたれたままだった。体の芯《しん》に疲労が残っている。この年になると、いつも疲労感が抜けない。彼は言った。

「仕方がないな……」

中根の顔がぱっと輝いた。まるで少年のような反応だ。この人懐《ひとなつ》っこさについほだされてしまう。

「そうか。やってくれるか。いや、おまえならきっとうんと言ってくれると思っていた」

飯島は中根の言葉を遮るようにぴしゃりと言った。

「ただし、条件がある」

「何だ?」

「俺のやりたいようにやらせてくれ」

「もちろんだ。どんな協力でもする」

「念書を取っておきたい。一筆書いてくれ」

中根は苦笑して言った。

「おいおい……。何もそんな……」

「この仕事に関しては必要な気がする。今の世の中、生半可《なまはんか》なことじゃスターなど生まれない。冒険をしなけりゃならん。そのときにおまえが反対しないとも限らん」

「条件は呑《の》むよ。だから念書の必要などない」

「おまえが反対しなくても誰かがするかもしれない。おまえの念書があれば、それが俺の葵《あおい》の印籠《いんろう》になる」

中根はあきれた顔でかぶりを振っている。そうしていながらも、頭の中ではさまざまなことを計算していることはわかっていた。

やがて、中根は言った。

「わかったよ。書けばいいんだろう?」

机の引き出しから社名の入ったレターセットを取り出し、クロスのボールペンを走らせはじめる。

その紙を飯島に向かって掲げて見せた。

「これでいいか？」

飯島は立ち上がり紙を受け取った。

『アイドル発掘プロジェクトに関して、私、中根純也は、飯島英明のやり方に一切口出しをせず、すべて飯島英明に任せることを約束する』

そう書かれていた。飯島はうなずいた。

「印鑑を押してくれ」

中根は言われた通り引き出しから認め印を取り出すと、署名をしてその上に押した。

飯島はその紙を折り畳んでジャケットの内ポケットに入れると、尋ねた。

「いつからかかればいいんだ？」

「すぐにかかってくれ。期待しているぞ」

飯島は何もこたえずに部屋を出た。

山手通りを渡り、ミューズ・レーベルに戻る途中にペットショップがあり、飯島はそのショーウインドウの前で立ち止まった。

数種類の小犬がおり、あるものは寝そべっており、あるものはしきりに表を気にしている。いずれもあまり元気がない。

本来なら自然の中を駆け回っていなければいけない。それをガラスの箱に閉じ込められて始終人目にさらされているのだから元気がないのも無理はない。こうしてショーウインドゥに飾られる小犬や子猫の大半がノイローゼにかかるか発育不良になるという。使い捨てにされるのだ。

そうしたペット業界のことを非難できる立場ではないと飯島は思った。アイドル作りも似たようなものだ。年端《としは》も行かない少年少女をガラスの箱に閉じ込めて人目にさらすのだ。うまく人気者になれればそれも悪くはない。だが、成功する確率はひどく低い。彼はこれまでデビューしたまま消えていった少年少女たちを何人も見てきた。

飯島は小犬たちから眼をそらし、社に戻ると、すぐに曽我雄介《そがゆうすけ》を社長室に呼んだ。社長室といっても中根の部屋とは大違いで、半透明のガラスで仕切られたブースに過ぎない。来客用にはソファの代わりに布貼《ぬのば》りのディレクターチェアーが置いてあった。

曽我雄介は入社五年目の若手ディレクターだ。二十八歳という若さだが、この業界にありがちなうわついたところがない。

見かけもどちらかといえば地味なほうだ。仕事がらジーパンをはいていることが多いが、いまだに大学生のような印象がある。

髪型も目立たないし、立ち振る舞いもおとなしい。やせ型で生真面目《きまじめ》なタイプだった。

飯島は管理者としては曽我を認めていたが、この業界で成功者になるかどうかは少々疑問に思っていた。自己主張がなさ過ぎるような気がする。

とにかく個性がものを言う世界なのだ。

そして、時折曽我の生真面目さが鼻につくことがあった。もしかしたら曽我は、自分のことを密《ひそ》かに軽蔑《けいべつ》しているのではないかとさえ思うことがある。

かつて彼自身がそうだった。

レコード会社に入社したとき、周囲には過去の栄光にしがみつく盛りを過ぎたレコードディレクターが何人かいた。彼らは、すでに管理職だがすっかり芸能界の色に染まっており書類ひとつ自分では書こうとしない。

ヒットを出せば何もかもが許される時代だった。派手な恰好《かっこう》をして社内で大きな顔をしているそういう連中が嫌いだった。どうしてもそういう体質に馴染《なじ》むことができないと感じていたのだ。

だが、彼自身いつしかアイドルメーカーと呼ばれるようになっていた。

曽我の眼《め》から見れば、自分もかつての時代後《おく》れのディレクターたちのように見えるのではないか？　そんな気がしてしまうのだ。

「中根にアイドルを手がけろと言われた」

飯島は曽我がやってくるといきなりそう言った。前置きなしに用件に入る。これは飯島のいつもの話し方だった。

「アイドルですか……」

曽我が言った。驚いた風でもなく、かといって納得した様子もない。要するに何を考えているかわからない。

「そうだ。まずは素材を発見しなければならない。おまえのありとあらゆる人脈を使って情報を集めるんだ」

「人脈……？」

「そうだ。普段付き合いのあるテレビ局や雑誌の連中、仕事をしたことのある広告代理店、ミュージシャン、スタジオのミキサー……。どんなやつでもいい。すべてを総動員するんだ。うちは大手プロダクションのように大がかりなスカウト大会を開くことはできない。情報が頼りなんだ。全国で開かれるミスコンにコネをつけろ。必要があれば出張してもいい。雑誌のアイドル企画やＣＭにも目を光らせるんだ。街を歩くときも、女の子に注意を向けろ。特に小中学生には要注意だ。わかったな？」

曽我は戸惑《とまど》っていた。その煮え切らなさに苛々《いらいら》させられる。

「あの……、なぜ僕が……」

「他のディレクターは、自分の担当にかかりっきりだ。動けるのはおまえくらいしかいない」

「はあ……」

「おまえだけにやらせるわけじゃない。俺も動く」

「社長が自らですか？」

「そうだ。久しぶりの現場だ。これはおまえと俺のプロジェクトだ。しっかりやってくれ」

こういう言い方をされると、多少なりともやる気を見せるものだ。だが、曽我は相変わらずはっきりとしない。

「わかりました。やってみます」

「いいか。いい素材が見つかってデビューが決まったら、録音の現場はおまえに任せる。とにかく動け。電話をかけまくれ。人と会え。イベントに出かけろ。どんなイベントでもいい。最近はコスプレのイベントからもアイドルが生まれているという。どんなところに素材が転がっているかわからない。気になる子がいたら、すべて俺に知らせろ。いいな」

「はい」

「すぐに取りかかれ。今抱えている仕事があれば他に振り分ける」

「『エデューソン』の件は……？」

「『エデューソン』？」

「はい。TBNの深夜番組でグランプリを取ったバンドです」

「ああ。おまえが手がける予定だったたな。とりあえず、他のやつに回す。そうだな。当分、遠藤《えんどう》にやってもらう」

　飯島は曽我が何か反論するのではないかと思った。デビューを手がけるというのは独特の思い入れがあるものだ。これまでメンバーとの交渉などは曽我がやってきた。いきなり担当を外されるというのは不満なはずだった。曽我が何か言ったら、ビジネスなんだから割り切れと一喝するつもりだった。

　しかし、曽我はわずかに落胆の様子を見せただけで何も言わなかった。

言いたいことがあれば言えばいいんだ。

飯島は苛立《いらだ》ちを募《つの》らせた。

「行っていいぞ。仕事にかかれ」

曽我は社長室のブースを出て行った。

俺も年を取ったかな……。

飯島は心の中で独り言を言った。

若者の言動に苛立つというのは年を取った証拠だ。自分も二十代の頃は上の者を苛立たせていたに違いない。それはわかっているつもりだが、どうしようもない。

ブースのすぐ外にいる庶務の女性に、しばらく出かけていることにして電話を取り次がないでくれと言ってドアを閉ざした。

秘書を置けるほどの会社ではない。その庶務の女性が秘書の役割も果たしてくれる。

電話はほぼ五分置きに掛かってくる。止めておかなければまとまったことを考えることができない。

半透明のガラスで仕切られただけだが、ドアを閉ざすと外の慌《あわ》ただしさから隔絶された感があり、飯島はほっと一息ついた。

束《つか》の間《ま》の安堵感《あんどかん》。

飯島は椅子《いす》の背もたれに体を預けた。

このロートルにアイドル発掘をやれというのか……。

飯島がアイドルを手がけていたときとは時代が違う。若者たちが求めているアイドル像がわからず不安だった。

曽我にこの仕事をやらせようと思ったのは、何も彼が一番暇《ひま》そうだからではない。彼が一番若いからだ。若い曽我の感覚が必要なのだ。

中根に念書を書かせたのも、意地のせいというより不安のせいだったかもしれない。あれこれ口出しされたら、そのとたんに自信が崩れてしまいそうだった。

久々の現場復帰というのも不安だが、中根の期待が重荷だった。ナカネ企画の経営が決して楽ではないことは知っている。このご時世だ。楽なプロダクションなどどこにもない。やりたいようにやると言ったのは、それしかやりようがないからだ。傲慢《ごうまん》なのではない。その逆だ。

彼は世相に迎合して成功することなどあり得ないことを知り尽くしているのだ。どんな場合でも自分のやり方を信じるしかない。それが通用しなくなったときは、潔《いさぎよ》くこの世界を去ることだ。いくら過去の実績があろうと関係ない。常にこれから何を創《つく》り出すかが問題なのだ。

飯島は、現役時代の気分を思い出そうとしていた。彼は当時から流行など気にしたことはなかった。当たり外れはその時点での流行とは関係ない。むしろ、流行をつくり出していくものでなくてはならない。そう信じていたのだ。

今回も、今何がはやっているのかなど気にする必要はない。自分の感覚を信じるしかないのだ。だが、その感覚がまだ通用するかどうかはわからない。

若い頃、何を考えてアイドルを手がけていたか。それははっきりと覚えている。彼はある一つのイメージを追いかけていた。そのイメージはまだ彼の中に残っている。かつてはそれで成功することができた。それに賭《か》けてみるしかない。飯島は密かにそう決心していた。

2

曽我は席に戻ると、仕事の段取りを考えはじめた。まず、飯島が言ったようにありとあらゆるところから情報を得なければならない。

彼は困惑していた。

アイドルを手がけることになろうとは思ってもいなかった。ミューズ・レーベルはバンドや作詞作曲を自分でするアーチストでもっている。当然、彼もそういう仕事に就《つ》くものと思っていたのだ。

『エデューソン』については残念に思っていた。彼なりに気に入ったバンドだったし、デビューに向けていろいろと苦労もしてきた。バンドのメンバーの信頼も得ていた。

だが、腹を立てているわけではなかった。担当を外されたわけではない。この面倒な仕事が終われば、また『エデューソン』と仕事ができる。しばらくの辛抱《しんぼう》だ。

社長が現場に出る。それが少々不満だった。管理者には管理者の仕事がある。曽我はそういう杓子定規《しゃくしじょうぎ》な考え方をする男だった。

野球だってそうだ。

彼は思った。

自らピンチヒッターになったり、リリーフとしてマウンドに立つ監督はいない。現場の仕事は僕たちディレクターに任せてくれればいいんだ。

ナカネ企画の社長と話し合ってそういうことになったようだ。あの二人は若い頃からずっといっしょにやってきたらしい。

昔話でもしているうちに、久しぶりに現場に出てみるかという話にでもなったのだろう。迷惑な話だ……。

曽我は、飯島の現役時代を知らない。ただ、社長としてはかなり強引な要求をすることから、仕事のやり方もおのずと想像がついた。

まあ、いい。

曽我は思った。

当分は、言われたとおりに働くだけだ。そのうちにまた『エデューソン』担当のディレクターに戻れるんだ。

彼は、まず電話を掛けることから始めた。

飯島はテレビ局のディレクターや雑誌の編集者から情報を集めろと言った。だが、若く経験のない曽我は、まだ業界で顔がきかない。親しく話をできるテレビ局のディレクターや雑誌の編集者はほとんどいなかった。

曽我はTBNの深夜番組『ソー・クール!』の担当ディレクターに電話することにした。『ソー・クール!』は、国内のヒットチャートと音楽情報を流す番組で、勝ち抜きのバンド・コンテストのコーナーを持っている。『エデューソン』が出演したのがこの番組だ。担当ディレクターとは『エデューソン』の件で何度も顔を合わせている。堀田《ほった》という名だった。

時計を見ると三時になろうとしていた。そろそろ局に顔を出している頃だ。

ダイヤルするとすぐに堀田が出た。

「あ、どうも、その節は……」

堀田は言った。その節というのがいつのことかはわからない。電話を掛けたときの堀田のいつもの挨拶《あいさつ》だ。堀田は三十歳を過ぎたばかりで、曽我とは年もあまり違わない。いつも丁寧な口調で話をする。曽我は堀田に会うまでは、テレビ局のディレクターに対するあるイメージを持っていた。

ラフな恰好《かっこう》をして、派手な生活を好み、業界用語を使う調子のいい連中。実際にそういう人々に会ったわけではない。なんとなくそういう印象を抱いていたのだ。

そういうディレクターもたしかにいる。だが、実際にはそういう連中ばかりではないのだ。

堀田はいつも地味な恰好をしている。ボタンダウンのシャツにコットンパンツというのが彼のお好みのようだが、外で会うときはたいてい紺色のブレザーを着ている。髪型も冴《さ》えない。

何となく会う者に安心感を与える男だ。時間と数字に縛られ常に戦いを強いられているあの世界にあっては珍しいタイプかもしれなかった。

曽我はそんな堀田の風貌《ふうぼう》を思い出しながら言った。

「ちょっと相談があって電話したんですけど……」

「何でしょう。『エデューソン』のこと？」

「いや、別件です。実は、アイドルをやれと言われて……」

「アイドル？　ミューズ・レーベルさんで？」

「そうなんです。なにせ、僕はそういうの、まったく経験がないんで困り果ててましてね。何とか助けてもらえないかと……」

「そう言われても、私のほうもね……。アイドルとなると……」

「テレビ局なら、アイドル予備軍なんかがたくさん出入りしているんじゃないかと思って……」

「仕出しの子は大勢知ってますよ。プロダクションがバラエティーのアシスタントなんかに送り込んでくる子たちです。でも、目ぼしい子にはもうレコード会社なんかがツバつけてますよ」

「そんなもんでしょうね。とにかく、どんなことでもいいから情報がほしいんです」

「テレビ局はお門違いだなあ……。特に私はポップス関係の番組やってるでしょう。アイドルみたいなのはちょっとね……」

「誰かそういうのに詳しい人、ご存じありませんか?」

「そうね……」

やや間があった。「今は思いつかないけど、思い出したら連絡しますよ」

堀田は明らかに乗り気ではなかった。当然だ。曽我の仕事に付き合う義理はないのだ。

「何とかお願いします」

曽我はそう言うしかなかった。

「ところで、『エデューソン』の話は進んでいるんですか?」

「ええ、まあ……」

「デビューの時期とかは?」

「それはまだはっきりとは決まっていません。うまくタイアップを見つけないと……。何か番組の主題歌かCMが絡《から》めば言うことないんですけど……」

「よろしく頼みますよ。うちの番組からのデビュー一号なんですからね」

「実は、僕はしばらくそのアイドルの件の専任になりまして……。『エデューソン』は、うちの遠藤という者が暫定《ざんてい》的に担当することになりました」

「あなたがやるんじゃないんですか?」

「今の仕事が片づいたらまた担当に戻りますよ」

「ミューズさんは何を考えているんですか」

相手の語調が荒くなった。

曽我は驚いた。一瞬、堀田が興奮する理由が分からなかったのだ。

「はあ……?」

「デビューというのはきわめて大切なことじゃないですか。その後のアーチストの運命を決めるくらいに重要なことでしょう? それなのに、この時期に担当を代えると言うのですか?」

「いや、だから暫定的なことで……。遠藤というのは僕よりずっと経験豊かですし、仕事のやり方も充分に心得ています」

「そりゃ、おたくの社内の事情に立ち入るつもりはありませんよ。でも、無責任じゃないんですか? 『エデューソン』のメンバーだって、あなたを信用しているわけでしょう? その遠藤という人が担当になると、メンバーたちはまた一から話をし直さなければならない」

「いや、そのへんの引き継ぎはしっかりやっておきます。心配しないでください」

「手続きの話をしているんじゃないんです。私はあなたの熱意の話をしているんです。そして、ミューズが『エデューソン』にかける意気込みのことを問題にしているんです」

曽我は慌てた。

堀田がこれほど『エデューソン』というバンドに入れ込んでいるとは思っていなかった。考えてみればそれも当然だ。番組から生まれたバンドがスターになるか、そのまま消えていくかは、その番組の評価におおいに影響する。堀田は必死なのだ。

曽我はどう説明していいかわからなくなった。

「僕が悪いわけじゃない。社長に命令されれば従うしかないじゃないか。熱意だの意気込みだのと言われても……。

「ミューズとしても力を入れています。だからこそ、僕だけではなく経験豊かな遠藤にも手を借りることになったわけです。そのほうがずっとメジャーなデビューを果たせるというわけです」

これは思いつきのでまかせだ。だが、悪い説明ではないと曽我は思った。

やや間があり、堀田の声が聞こえてきた。「なるほど……」

落ち着きを取り戻したようだ。「わかりました。そういうことであれば、私はこれ以上、何も言いません」

「本当にデビューに関しては間違いなく進めます」

「その言葉を信じましょう。ただね、曽我さん……」

「何です?」

「あんた、この世界でそういう言い方をしないほうがいいですよ」

「そういう言い方?」

「遠藤さんですか？　そちらのほうが経験が豊かだから確かなことができるとか……。それは、自ら自分の実力がないということを認めたことになるんですからね。いくら経験豊富なディレクターが相手でも、僕なら別の方法で勝負する。それくらいのことを言わないと信用をなくしますよ。じゃあ……」

電話が切れた。

曽我はショックを受け、同時にひどく恥ずかしい思いをしていた。顔がかっと熱くなる。そういう言い方をすると信用をなくすと堀田は言った。

それは単なるアドバイスではない。堀田の信用をなくしたのだということを知らしめたのだ。

僕は社長に言われたとおりにやっているだけだ。こんな思いをするのも社長のせいだ。

現場には現場の流れがある。

管理する立場の人間がそれを無視して現場に顔を出すからこういうことになるんだ。曽我はやり場のない怒りをすべて飯島にぶつけようとしていた。でなければ心の整理がつけられない。

言われたことはやってやろう。だが、それだけだ。言われた以上のことはやらない。そして一刻も早く『エデューソン』の担当に戻してもらわなければ……。ＴＢＮの堀田とはこれからも仕事をしていかなければならない。何とか早く信頼を回復しなければならないのだ。

曽我は、次に電話すべき人間を探すために システム手帳を開いた。

3

統合幕僚会議情報局は、それまでの空幕、陸幕、海幕それぞれに活動していた情報部を統合するために新設された。自衛隊の中ではアメリカの国防情報局DIAに倣《なら》って、DIHと呼ばれていた。

陸幕第二部別室から吸い上げられ、米国防情報部との情報交換を担当する連絡部一課の任務についている綾部《あやべ》裕司《ゆうじ》三等陸佐は、奇妙なレポートを受け取り、困惑していた。

ある種の人々の共通した行動異常に関するレポートだ。四歳から十八歳にまたがる複数の少年少女がまったく同じ夢を見て、怯《おび》えきっているというのだ。そのレポートは、臨床心理カウンセラーや精神科医、小学校の教師などの報告を元に、直接対象者に面接調査をした結果だということだ。面接の対象者は全米各地の広い範囲に点在していた。

その夢の内容というのが、大爆発だった。

見たこともないような大爆発が起こり、すべての人々が死に絶える。爆発は延々と続き、地上のすべてのものを焼き尽くす。後に残ったのは荒涼とした焼け野原だけ。

その後、空はずっと暗いままでやがて雪が降りだし、何もかもが凍《い》てついていく……。

その調査対象者は全員に超心理学的な特徴が見て取れるという。つまり、透視能力とか予知能力とかの超能力があるのだ。

超能力者の夢……。

綾部三佐はかぶりを振った。

アメリカ人というのはどうしてこういうのが好きなのだろう。

日本ではどうしても超心理学だの超能力だのというのは眉唾《まゆつば》に思われてしまう。綾部もそう感じる一般的な日本人の一人だった。

だが、アメリカでは少々事情が違っているらしい。軍には超能力について研究する専門の部署があるということだ。冷戦時代にはその分野についてソ連に遅れを取っているということでかなり力を入れたという話を聞いたことがある。

FBIや一部の市警察本部では、透視能力者を捜査に利用しているということだ。有名な何人かの透視能力者がFBIに協力して、かなりの成果を上げていると言われている。日本では考えられないことだ。

そのレポートはアメリカ軍のある部署が作成したものだ。日本でもそのような兆候《ちょうこう》がないかどうか調査をしたいという要請が最後に記されていた。

たしかに綾部の役割はアメリカの情報部との協力関係をつつがなく維持するために、さまざまな手続きを取ることだ。時には、情報のやり取りもする。

しかし、このようなレポートをまじめに取り上げる必要はないはずだと思った。

彼は上司である連絡部一課長の岩浅《いわさ》恒彦《つねひこ》一等陸佐の席に近づいた。

「このようなレポートがアメリカから届いているのですが……」

四十一歳になる岩浅は実に佐官らしい恰好《かっこう》をしている。情報局では制服組も背広を着ている。しかし、そのたくましい胸板ときっちりと短く刈り、七三に分けた髪は軍属であることを如実《にょじつ》に物語っていた。

よく光る切れ長の眼で綾部を見上げ、岩浅一佐は尋ねた。

「何だ？」

綾部は簡単にレポートの内容を伝え、それを差し出した。岩浅一佐はレポートを手に取ると、眉根《まゆね》に皺《しわ》を寄せてページを繰りはじめた。ざっと眺めると再び顔を上げた。

「それで？」

「このようなレポートは無視してかまわないのではないかと思ったのですが、いちおう課長の指示を仰ごうと思いまして……」

岩浅一佐は無言で綾部を見つめていた。綾部は落ち着かない気分になった。岩浅は階級が綾部より二つ上、年齢は六つ上だ。だが、それ以上の開きがあるように感じられる。その落ち着きのせいだった。

やがて、岩浅は小さく溜《た》め息をついてから言った。

「私に指示を仰ぎに来たのは賢明だ。どんな内容であれ、送られてきたレポートを無視するわけにはいかない」

「自分には悪い冗談のようにしか思えませんが……。なぜ、こんなレポートが自衛隊に

「米軍がこの情報に価値を認めているからだろう。つまり軍事的に何らかの意味があるということだ」

「……」

「軍事的に意味がある？」

「特殊な能力を持つと見られている少年少女が共通して見はじめている夢。その内容は、私にはきわめて軍事的に重要に思えるがね」

「たしかに、この夢は大規模な核爆発とそれに続く核の冬を意味しているように思えます。しかし、それは夢でしかないのです」

「そう。たしかに夢でしかない。しかし、多くの少年少女たちが同じ夢を見るようになったというのはどういうことだろう？」

「どういうことでしょうね……」

「そして、その少年少女たちは超能力があると言われているのだろう？　それが予知夢《よちむ》であるのかもしれない」

「予知夢ですって？」

綾部は半ば驚き、半ばあきれて言った。「課長は本気でそうお考えなのですか？」

「いけないかね？　おそらく、米軍の担当者は本気で考えているのだ。そう思わんか？」

綾部はどうこたえていいか考えていた。自衛隊というのは現実主義的なところだ。

当然、綾部も現実的な考え方をするようになっていた。

「こういう話はとても現実的とは思えません。われわれは現実の社会に責任を持たねばならないと思います」

「そう。常に現実を見つめなければならない。世界中の軍隊が同じような考えに則《のっと》って活動している。だが、現実というのは何だ？　ある人にとっての現実が、立場を変えれば現実ではなくなる。またその逆にある人にとっての非現実が、別の人の現実となり得るのだ。違うかね？」

「私にとっての現実は明らかです」

「君の現実とは何だ？」

「自衛隊の任務に関することです。つまり、この国を守ることとです」

綾部は本気でそう考えていた。これは、自衛隊にあっても少数派といえるかもしれない。自衛官が皆本気で国を守ろうという義務感を持っているわけではないことはよく知られている。地域連絡部のスカウトに声を掛けられ、さしたる考えもなしに自衛隊に入る例が少なくない。大型特殊免許や航空機の免許などを取る目的のためだけに自衛隊に入る者もいる。また、自衛隊にある装備のほとんどがいざというときには使いものにならないことも知っている。

銃はあっても弾薬がない。はなから戦争をする気がない日本政府はそういう無駄なものに予算を認めないのだ。自衛隊はハリボテだという者もいる。

だが、綾部は違っていた。武力で国を守ることはできないかもしれない。だからこそ情報が重要なのだ。彼はそう考えていた。

岩浅はかすかに笑った。皮肉な感じの笑いだった。もしかしたら、融通《ゆうずう》のきかない一途《いちず》さを嘲笑《ちょうしょう》しているのかもしれないと綾部は思った。

「このレポートが非現実的だと考える根拠は何かね？」

「根拠と言われても……。ただ、ばかばかしいと言うしかありませんよ」

「だが、アメリカの担当者はそうは考えていないようだ。彼らがばかばかしいと考えたら、他国の情報部にこんなレポートを送ったりはしない。もの笑いの種になるのを恐れるだろうからな」

「悪い冗談なのかもしれません」

岩浅はかぶりを振った。

「それこそ非現実的だ。軍事情報のチャンネルを使って冗談を送ってくるなど……」

「ならば、我々の反応をテストしているとか……」

綾部が言うと、岩浅は不思議そうな顔で綾部を見つめた。

「そんなことをして何の意味があるんだね？」

綾部は居心地が悪く、思わず身じろぎした。

「では、課長は本気で付き合えと言うのですね？」

「そうして悪い理由はない。このレポートを送ってきた連中の真意を探るんだ」

「真意を探る？」

「そうだ。超心理学に関する研究はこれまで秘密裡《ひみつり》に行われるのが通例だった。だが、彼らは日本の幕僚情報局に協力を求めてきた。これが何を意味すると思う？」

「さあ……」

「それだけ彼らが必死だということにはならないかね？」

その点について、綾部は疑問に思った。しかし、岩浅が判断ミスすることはきわめて少ない。

「そうかもしれません」

「君をこの件の担当にする。先方と連絡を取って今後の協力態勢について協議するんだ」

「私がですか？」

「君の英語力には定評がある。適任だと思うが……」

上官から命じられたら逆らうことは許されない。しかも、綾部は岩浅を尊敬していた。

「了解しました」

綾部は言った。「この件について、アメリカ側と協議します」

岩浅はかすかにうなずくと、綾部から机上の書類へ目を移した。綾部は一礼すると岩浅のもとを去った。

納得したわけではなかった。岩浅と話し合った今でも、超心理学だの予知夢だのという話はばかばかしいと感じている。だが、任務とあれば仕方がない。できるだけのことはやる。彼はそう考えるタイプだった。

4

曽我はなんとか情報を集めようとしていた。だが、慣れない仕事でなかなかはかどらない。つてがまるでない曽我にとって、アイドル候補生を見つけることは至難の技だった。

あらゆる種類のオーディションを取り上げている雑誌があり、それを買い込んだ。足を運べそうなオーディションやミスコンをチェックして表に書き出してみた。

オーディションというのはたいていプロダクションなどが独自に新人を発掘しようとして行ったり、ドラマやステージの出演者を選ぶために行ったりするものだ。つまり、ミューズ・レーベルやナカネ企画の入り込む余地はない。

ナカネ企画が新人オーディションをやればいいじゃないか。

曽我はそう思いつき、それを飯島に提言しようと思った。

とにかく、一人では無理だ。大手のプロダクションが全国的なオーディションを開いて、それでも優勝者がスターになるとは限らない。曽我が一人で歩き回ったところで、逸材が見つかるとは思えなかった。

時計を見ると、もう夜の九時を過ぎている。オーディション専門雑誌を閉じて、帰り支度を始めたちょうどそのとき、飯島が社長室のブースから顔を出して曽我を呼んだ。

曽我は即座に飛んで行った。この仕事ではフットワークがものを言う。何かあるときには歩かずに、走れ。曽我は飯島からそう教わっていた。

「何でしょう?」

「どんな具合だ?」

曽我はわずかにうろたえた。

「どんな具合も何も……。まだ、手を着けたばかりですから……」

「あれから何をやっていた」

「まず、TBNの堀田さんに電話しました。でも、相手にされませんでした」

「堀田?『ソー・クール!』の担当ディレクターか?」

「そうです。『エデューソン』の件で文句を言われました」

「文句?」

「デビュー前の大切なときに、担当を変えるのは熱意が感じられないと……」

「何とこたえた?」

「うちの社では全力を上げるとだけ……」

「それでいい。それから?」

その一言で片づけられたのが不満だった。この件に関してはもっと飯島と話し合いたかった。『エデューソン』ならもっと身を入れて仕事ができる。アイドルなど……。それを買
「全国のオーディションのスケジュールなどを網羅している雑誌があって……。それを買ってきて顔を出せそうなオーディションやミスコンをリストアップしました」

「そのリストを見せてみろ」

「取ってきます」

曽我は駆け足でリストを取ってきて飯島に見せた。飯島はじっとリストを見つめており、その間、曽我は落ち着かない気分だった。

やがて、飯島はうなずいた。

「目の着けどころはいいが、数が少なくはないか?」

「他のプロダクションやレコード会社が催すオーディションには顔を出せないでしょう」

飯島は小さくため息をついた。出来の悪い部下を嘆いているような態度だった。

「何も審査員をやる必要はないんだ。公開オーディションならば、会場に見に行くことはできる。優勝を逃した子の中にもめっけものがあるかもしれない。オーディションを受ける子の付き添いで来た子がスカウトされてスターになった例もある」

そんなことを言われたって、僕にはまったくの畑違いなんだ……。

曽我はそう言いたかったが、口に出すことはできなかった。

相手が社長ということもあるが、反論すればそれだけ面倒が増えると考えているのだ。相手が言うことを受けいれていれば余計な苦労を背負い込まずに済む。これまで、曽我はそういう生き方をしてきた。

それで損をしたと思ったことはない。

「わかりました。リストを作り直します」

飯島は曽我をしげしげと見ていた。何か言いたげだった。曽我は、飯島の言わんとすることを想像して言われるまえに言った。

「すぐにやります。今夜中に……」

飯島は再びため息をついた。

「明日でいい」

曽我は急に疲れた様子になった。「リストができたら、一緒に回ろう」

「社長も行かれるのですか？」

「おまえ一人に押しつけるとでも思っていたのか？」

「いえ……」

実はそう思っていたのだ。

「私はこの眼で見たものしか信じないんだ。オーディションやミスコンの会場で、何か閃《ひらめ》きがあるかもしれないしな」

「閃き……？」

「そう。大切なんだよ、そういうのが。もっとも、そういう勘《かん》がまだ私に残っていれば、の話だがな……」

「はあ……」

曽我はこういう言い方をする飯島を初めて見た。そういえば、飯島がどういう人間なのかよく知らない。入社して間もないし、相手は社長なのだ。個人的な話をしたこともあまりない。また、そういう類の話をしたいとも思わなかった。

「今夜、あいているか？」

「ええ。リスト作りをしなくていいのなら」

「ちょっと、飯《めし》でも付き合え」

「はい」

実は迷惑だった。仕事が終わったのだから早く解放してほしかった。どうせ、飯を食いながら説教をしたり、昔の自慢話をするに違いないのだ。曽我はそう思った。

「すぐに出られるか？」

「ええ」

「焼肉でも食おう」

二人は『虎《とら》の穴』という焼肉屋にやってきた。山手通りに面した店で、芸能人がやってくることで知られている。近年、この東山のあたりは、芸能人をよく見かける街として有名になりつつある。繁華街ではないが、気のきいた飲食店が点在するのだ。

店は混み合っていたが、何とか二階に席を確保できた。肉や香辛料の焼ける香ばしい匂《にお》い、特にニンニクの香りが店内に満ちている。食欲をそそる匂いだ。

注文は飯島に任せた。驚くほど冷えた生ビールで喉《のど》を潤《うるお》し、炭火で肉を焼きはじめる。

「ここの塩ロースと塩ミノはちょっとお勧めだ」

飯島は、すっかりくつろいでいる。だが、曽我は緊張していた。いつ説教が始まるかわからないのだ。

飯島は旺盛《おうせい》な食欲を見せる。

適度にアルコールが回ったところで飯島が話しだした。ようやく本題か……。曽我は覚悟した。

「おまえ、アイドルをやれといわれてどう思っている?」

ここは慎重にこたえなければならない。

「どうって……。仕事ですから、別に……」

「やるだけのことはやる、か?」

「ええ、まあ……」

「俺《おれ》が昔、アイドルをよく手がけていたのは知っているか?」

「話を聞いたことがあります。飛ぶ鳥を落とす勢いだったとか」

「俺はそんな気分じゃなかった。いつも何かに追い立てられているようだった」

どうやら説教ではないらしい。ならば、自慢話か……。飯島の出方を探るべく、曽我は黙っていた。

飯島は、炭火の上の肉を箸《はし》で返しながら言った。

「俺もな、若い頃はアイドルなんぞはどこかで小馬鹿にしていた。いい大人が小娘に滑稽《こっけい》な服を着せて、愛だの恋だのという歌を歌わせる。そんな程度にしか思っていなかったよ。そう。俺はな、ジャズが好きで音楽業界に入った。粋《いき》がった学生だったんだ。今時じゃジャズも流行《はや》らないが、俺が学生のときにはなかなか面白かった。キース・ジャレット、チック・コリア、ハービー・ハンコック……。みんな新しい試みを成功させていた。日本でも山下洋輔《やましたようすけ》トリオが大人気だった」

「知っています」

曽我は言った。「僕もジャズをよく聴きましたから」

「だが、レコード会社に入って回された部署は歌謡曲担当だった。俺はある大物ディレクターのサブとなってこき使われた。当時はまだ、新人ディレクターは一人前とは見なされず、丁稚奉公《でっちぼうこう》させられたもんだ。そのうち、ようやく一人で仕事を任されるようになる。俺は初仕事がアイドルだった。ある大手のプロダクションが発掘したアイドルを任されたんだ。それがたまたまヒットした。それで俺の仕事の方向は決められてしまった。自分でアイドルを探してくる仕事もした。そのとき、頼りになったのは、さっき言った閃きとあるイメージだった」

どうやら説教でも自慢話でもなさそうだ。だが、それでも曽我は緊張を解かなかった。

「あるイメージ？」

「そう。俺は久しぶりにアイドルを手がけることになって、当時のことを思い出していた。俺を支えていたのは、ある強烈なひとつのイメージだ。そのイメージを追い求めていたと言ってもいい。そして、今だにそれをこの手で実現できたとは思っていない」

「どんなイメージなんです？」

「クマリというのを知っているか?」

「クマリ……? 何です、それ」

「ネパールの生き神様だ」

「生き神様……」

曽我は眉《まゆ》をひそめた。

「そうだ。俺は学生のときに貧乏旅行をしてな……。インドからネパールを回った。当時は何か神秘なものに憧《あこが》れていたんだな。そういうのが流行《はや》りだった。俺にとってはインドよりネパールのほうが強烈な印象があった。カトマンズのあの石の建物……。立派な寺院。そしておびただしい神々の像。ネパールにはヒンズーの神々とともに仏教の仏たちも平気で同居している。人々はそのすべてを平等に尊んでいる。それこそ町中に神仏が満ちており、通行人は近所の人に挨拶《あいさつ》をするように辻々《つじつじ》で祈りを捧《ささ》げるんだ」

「クマリというのは……?」

「選ばれた生き神だ。高僧が少女を指名してクマリと定める。そうすると、その少女はその日からクマリ館で生き神としての生活を始める。四、五歳の少女が指名されることが多いらしい。そして、クマリは出血した瞬間に任を解かれる。つまり、初潮を迎えるとクマリではなくなるわけだ」

「突然、指名されるわけだが、怪我《けが》をしてもだめなんだ」

「そうだ。そのへんのシステムはチベットのダライ・ラマとよく似ている。ダライ・ラマはどうやって継承されるか知っているか?」

「聞いたことがあります。高僧が集まって、ダライ・ラマの転生者《てんせいしゃ》を探すのでしょう?

でも、それって本当のことなんですか?」

「本当かどうかは誰にもわからない。本当だと信じている人が大勢いることが重要なんじゃないのか?」

「クマリもそうなんですか?」

「ネパールの最大の祭はクマリ祭だ。人々はクマリを敬っている。国王ですらクマリに額《ぬか》ずく」

「国王が……?」

「そうだ。なんせ、クマリは神なんだからな」

「年端《としは》もいかない子が突然指名されて神になるんですか?」

「話だけ聞いてもぴんとこないだろうな。だが、一目見れば納得するよ」

「見たことがあるんですか?」

「ある。俺はクマリ祭に合わせてネパールに行った。話に聞いていたクマリ祭がどんなもんか見てみたかったんだ。町中が大騒ぎだ。巨大な丸太を町のど真ん中に立てる。クレーンなんか使わない。すべて人力でやるんだ。それからパレードが始まる。年に一度だけクマリが人前に現れるんだ。そのきらびやかさといったら……。むんむんする人いきれの中、ゆっくりとクマリが乗った神輿《みこし》のようなものが通り過ぎていく。幼いクマリは、じっと正面の虚空《こくう》を見つめている。まるで、別の世界を見つめているようにな。額《ひたい》には赤い印。なんといったかな……。そうだティカだ。化粧をして着飾ったクマリはこの世の者とは思えないくらいの魅力に満ちていた。テラスから国王がクマリに向かって盛んに声をかけるんだ。クマリになんとか振り向いてもらおうと。かつて、クマリが決して会おうとしない国王がいた。その国王はまもなく死んでしまったそうだ。クマリはそれを予知していたのだと言われている」

「予言者みたいなもんですか?」

いつしか曽我は、飯島の話に引き込まれていた。

「予言者なんかじゃない。神なんだよ。予言なんて簡単なことだ。すべてがお見通しなんだ。ネパールの人々はそう信じている」

「社長も信じているんですか?」

「俺がそれを信じているかどうかが問題なんじゃない。さっきも言っただろう。信じている人が大勢いることが重要なんだ」

「初潮を迎えたり、怪我をして血を流すと、クマリじゃなくなるんですよね」

「そうだ」

「その後はどうするんですか?」

「普通の人間として社会に復帰するらしいが、それがなかなかたいへんらしい。クマリはまったく表情がない。人間らしい感情表現をしないんだ。それが神秘的なんだ。普通の社会に戻ってからも、しばらくそれが抜けない。社会復帰には時間がかかるらしい」

「神じゃなくなっちゃうわけですね？」

「そうだ。人間に戻るんだ」

「能力はどうなっちゃうんでしょう」

飯島は不意を衝《つ》かれたように、曽我を見つめた。曽我はこれほど無防備な表情の飯島を見たことがなかった。

「能力？」

「ええ。神としての能力です。クマリのときは何でもお見通しなんでしょう？　それって、一種の超能力じゃないですか。血を流したとたんにその能力が消えちゃうのですか？」

曽我はまじめに議論しようとしたわけではない。どこか茶化しているような気分だった。

だが、意外なことに飯島は真剣に考え込んだ。

「多分、能力とかじゃないのだろう。俺も能力のことなど考えたことはないな。存在が重要なんだ。つまり、クマリとしての存在だ。言葉では説明しにくいが、一目見ればおまえも納得するよ。ネパールは、モンゴル・チベット系と、インド・アーリア系が混じっていて、とても顔だちが美しい娘が多い。その中で選ばれたクマリはとても美しい。そして、ただ単に顔だちが美しいだけじゃない。本当に神々しく輝いているし、実に神秘的なんだ」

曽我は戸惑《とまど》った。こういう話にどうやって付き合ったらいいかわからない。

「えーと……。ネパールって何教の国なんですか？」

「ヒンズー教だろう。もっとも、いろいろな民族が混じり合っているから、仏教徒もいるだろうし、イスラム教徒もいるだろう」

「じゃあ、そのクマリというのは、ヒンズーの神様なんですか？」

「いや、そうじゃないだろう。一説によると、ネパールにはクマリ信仰が最初にあった。大昔からだ。まず、クマリが信仰の土台にあるんだ。その上を覆《おお》うような形でヒンズー教や仏教が広まった。だから、形式を見るとヒンズー教だが、人々の心の奥底にはクマリ信仰があるんだ。それは、チベットなんかでも同じことが言える。チベットにはもともと転生を信じる信仰があったのだろう。その原始的な信仰に仏教が加わって、独特なチベット仏教が生まれた。ダライ・ラマは活仏《かつぶつ》と訳されるが、活仏信仰があるのはチベットだけだ。中国も仏教の前に道教があった。先祖崇拝はもともと道教の教えで、それが仏教に強く影響した。日本だってそうだ。日本の仏教は中国の影響を強く受けているが、やはり中国とも違っている。日本にはもともとアイヌのイヨマンテに代表されるような信仰があったそうだ。つまり、あの世を信じる信仰だ。それが影響して独特の仏教が生まれた」

曽我は食事も忘れて、ぽかんとした顔で飯島を見つめていた。意外な一面を見た気がした。飯島はがちがちの現実主義者だと思っていたのだ。ビジネスにしか興味がなく、宗教だの哲学だの、ましてや神秘思想などの知識があるとは思ってもいなかった。

「詳しいんですね、そういうの」

飯島が少しばかり照れたような顔をしたのがさらに意外だった。

「笑うかもしれないが、俺は神や仏ってのを信じているんだ」

「へえ……」

「運と言い換えてもいい。この世には人間の力ではどうしようもないことが、たしかにある」

「社長は実力しか信じないのかと思っていました」

「実力は必要だ。それにプラスアルファで運が必要なんだ。長年、この仕事をやっているとわかる」

「運に恵まれないやつは成功しないということですか?」

「簡単に言うとそういうことになるな」

飯島が神頼みをしている姿など想像ができなかった。

「社長はそのクマリの印象を追い求めて、アイドルを発掘してきたというわけですね」

飯島の表情がいくぶん引き締まった。仕事のことを思い出したのだろう。

「そうだ。まず、俺にはイメージがあった。清楚《せいそ》で可憐《かれん》、しかも妖艶《ようえん》。そして最大のポイントは神秘だ」

「神秘……」

「そう。俺はそういう少女像を求め続けていた。触れたら壊《こわ》れそうなんだけれども、何ものも侵すことのできない神聖さを持っている。危うさの中にある聖なる強さ……」

「今時のアイドルには当てはまらないような気がしますね。バラドルは愛想がよくなければいけない。同じクラスの中にいるちょっとかわいい子……。そういうのがアイドルになるんです」

飯島は曽我を見つめた。その眼が会社にいるときのように鋭くなり、曽我は慌《あわ》てた。

余計なことを言ってしまったか……。

飯島は真剣な眼差《まなざ》しで言った。

「それは違うと、俺は思う。たしかに、最近のアイドルは昔とは違う。しかし、大衆が求めている本質はあまり変わっていないと思う。変わったのはメディアの状況だけだ」

曽我はほっとした。叱《しか》られるわけではなさそうだ。飯島は、曽我とまじめに話し合おうとしているだけだ。

曽我は態度を改めることにした。相手の出方だけを見て適当に話を合わせようと考えていたのだが、ここはどうやら真剣に議論したほうがよさそうだった。

「変わったのはメディアの状況？　それはどういうことですか？」

「まず、テレビだ。テレビがアイドルを作ってきたと言ってもいい。テレビが普及した昭和三十年の終わりから昭和四十年代にかけて、国民的なアイドルが生まれ始める。それは茶の間のアイドルだった。老若男女に好かれるかわいいアイドルたちだ。四十年代から五十年代にかけては歌謡曲の全盛時代が来る。民放各局がベストテン番組を持っており、アイドルは多様化していく。やがて、『スタ誕』が、状況を一変させる。それまで、アイドルはきわめて恵まれた才能とチャンスによって生まれるものと思われていたが、視聴者参加番組の形でアイドルのスカウトが行われるようになった。あの番組はアイドルを身近なものにした。さらに、『夕焼けニャンニャン』がさらにその傾向を強める。『スタ誕』ではあくまで、才能と実力が評価の対象になったが、『夕焼けニャンニャン』は、高校生のクラブ活動のようなものだった。そこから束《たば》モノと呼ばれる集団のアイドルが生まれ始める。おまえが言う、クラスの中のちょっとかわいい子というのは、その頃から生まれた風潮だ」

「それが一般化したんじゃないですか？　今や、アイドルには特別な才能も個性もいらないような気がします」

「それが違うと、俺は言っているんだ。そういう状況になっても、やはり人気が出る子というのは、さっき俺が言った要素を持っている」

「清楚で可憐でしかも妖艶。そして、神聖……」

「そうだ。最近のアイドルマニアがどんな子に注目しているか知っているか？」

「そうですね……。まず、ＣＭに出る、まだ誰も名前を知らないような子ですね」

「そう。それは、彼女らがミステリアスだからだ。ＣＭのほんの短い間に存在感を主張する少女。それは、どんなタイプの少女でもミステリアスなんだ。例えば、おまえが学生で、毎日通学電車である女の子と出会うとする。その子のことが気になって仕方がない。おまえはその子のことをあれこれ想像するはずだ。名前も知らない子の生活をおまえなりに思い描くに違いない。そういうとき、その子は一番魅力的なはずなんだ。その後、何かのきっかけでその子と仲良くなって、付き合いはじめるとする。だが、はっきり言って、名も知らず、話もしたことがない頃が一番魅力的だったと感じるだろう」

「わからないではないですが……。つまり、話もしたことがない頃は、その少女に関しては自分の想像がすべてなわけですね。一番理想的な女性として存在するわけです。しかし、実際に人間というのはそうそう理想的であるはずはない。だから、失望すると……」

「まあ、そういうことかもしれない。だが、大切なのは、その名も知らぬ少女はこちらの理想を象徴しているということだ」

「でも、昔からアイドル雑誌というものがあって、アイドルの素顔を紹介したり、インタビューを載せたりしていました。ファンというのはアイドルの素顔を知りたがるものでしょう？　実態がある程度わかってもファンでい続けようとするんじゃないですか？」

「アイドルがファンに見せる素顔というのも、演技の一部だよ」

「昔はそうでした。でも今のメディアはもっとえげつないですよ」

「だから、先鋭的なアイドルマニアは、すでに名前の売れたアイドルに愛情を示さない。メジャーになったアイドルはすでに研究の対象ではあっても愛情の対象ではないんだ。そして、彼らはさっきおまえが言ったように名も知られていないCMタレントに興味を示す。そうしたマニアの動向というのは、大部分大衆の気持ちを代表しているんだ。誰もが自分の理想を託せる対象を求めている」

「つまり、清楚で可憐でなおかつ妖艶、それでいて神聖というのは、社長の理想ということなんですか？」

「そういうことになるかもしれん。そして、一般大衆の根強い要求だと、俺は思っている」

曽我は気づいた。

「クマリがそうだというわけですか？」

「そう。クマリは表情を変えない。言葉も発しない。ただ存在するだけだ。普段はその生活が衆目にさらされることはない。誰にも見られないように、高い塀を巡らしたクマリ館の奥深くで生活するわけだ。だからこそ、民衆は自分の理想をクマリに見ることができる」

「それでは人形とたいして変わらないじゃないですか」

「生身《なまみ》の人間であることが重要なんだ。そして生身であると同時に神なんだ。どうだ？クマリというのはアイドルに似ていないか？」

「たしかに……。スカウトされて突然その日から神になるという点では似ていますね。クマリを指名するシステムは、アイドルのスカウトと同じだと考えることができます」

「今では、一人に一台テレビがある家庭も珍しくはない。これまで茶の間の王様だったテレビがパーソナルメディアになったわけだ。そうなると、アイドルの形も変化してくる。等国民的なアイドルというようなスケールが大きな存在はむしろ興味を持たれなくなる。

身大のスケールである必要があるんだ。そして、家族みんなが茶の間で楽しむ歌番組というものがなくなり、若者向けのバラエティーや学芸会のようなドラマが増えてくる。アイドルもそういう番組に対応しなければ生き残れなくなるわけだ。しかし、だからと言って、俺がさっき言った原則が生きていないわけじゃない。天然ボケのアイドルが好かれるが、あの天然ボケというのは、俺にいわせれば、無垢《むく》で神聖さの一つのパターンなんだ。そして、バラエティーで無口なアイドルが嫌われるわけじゃない。むしろ、お笑いの影に隠れた無口で天然ボケのキャラクターが好まれる傾向にある。これは、今でも俺の原則が生きている証拠だ」

曽我は驚いた。現役を退いた社長は、すっかり今の状況にはうとくなっているものと思っていたのだ。いくら音楽業界にいるとはいえ、管理職などをやっていると最新の流行などに気を配ってはいられないはずだ。

だが、飯島は曽我が納得するだけの分析をしている。そして、曽我が漠然と眺めていたメディア状況を、さらに奥まで洞察して見せたのだ。

「でも……」

曽我は言った。「僕には社長のような明確なイメージがありません。どんなアイドルを見つけたらいいのかわかりませんよ」

飯島は、ビールをゆっくりと飲み干してから言った。

「俺はヒントを言ったつもりだがな……」

「クマリですか？　でも、僕はクマリを見たことがありません」

「そうじゃない」

「じゃあ、何です？」

「それは自分で考えるんだ」

先程、堀田から苦言を呈されたときのような気恥ずかしさを覚えた。

この業界は手取り足取りというわけにはいかない。疑問があったら自分でこたえを出さなければならないのだ。それはわかりきっていたはずなのに、またしても甘さを露呈してしまった。

焼き肉屋を出ると、飯島はタクシーを拾って帰るから、どこかまで送ろうと言った。

曽我はそれを断り、中目黒駅まで歩くことにした。

とぼとぼと一人で歩いていると、どこかに飲みに行きたくなった。だが、一人で飲んでいるとますます気が滅入《めい》ってきそうだった。

僕はこれからどうなっていくのだろう。そんな不安をかかえながら、彼は歩いていた。

5

翌日から、曽我は作成したリストをもとに飯島と二人でさまざまなオーディションやミスコンの会場に足を運んだ。

関係者としてではなく、一般の観客として会場から眺めるのだ。

ある時はデパートの催事場、ある時は東京近郊のテーマパーク、またある時は放送局。さまざまな場所に出かけた。

移動にかかる時間がばかにならず、効率は決してよくなかった。日光のテーマパークで行われたミスコンに出かけたときは、そこ一カ所だけで一日がつぶれてしまった。

外回りから帰ると、あらゆる雑誌に目を通す。有名な週刊誌のグラビアに登場するタレントはすでにどこかのプロダクションに所属しているから対象外だ。それ以外の目ぼしい少女を探すことになる。写真投稿専門誌などがターゲットだ。エロ本の類もばかにはできない。一部の投稿専門雑誌は先鋭的なアイドルマニアの情報源となっている。

そうした雑誌には、まだ手つかずの少女が登場している可能性もあるのだ。

また、そうした写真投稿雑誌は、CM画面をスキャンした画像も投稿されており、参考になることもある。

さらに家に帰ってからは、予約録画してあったオーディション関連番組のチェックだ。

会社の行き帰りにも、目を光らせていた。

曽我はなんだか、自分がひどくさもしい人間になったような気がしていた。血眼《ちまなこ》でナンパの対象を探している軽薄な若者たちと変わらない。

タレントのスカウトなど、それくらいの気分のほうがうまくいくのかもしれない。実際、見ていると、さまざまなスカウトマンたちが街ゆく女性に声を掛けている。多分、水商売や風俗営業のスカウトマンなのだろうが、実にマメにやっている。

いずれ、自分もああいうことをしなければならないのかと思うと、気分が重くなった。曽我だってナンパをしたことがないわけではない。だが、どちらかというと女性に積極的なほうではない。

そんな日々が瞬《また》く間に過ぎていった。

しかし、いっこうに成果は上がらなかった。会社に出ると、とにかくどこかに電話を掛ける。どんな情報でも欲しかった。学生時代のつても利用した。オーディションやミスコンで関係者と知り合うこともたまにあり、そうした人には後日必ず電話をした。

やがて、自分が何をやっているのかわからなくなりはじめた。情報はあふれているのだが、いっこうに欲しいものが見つからない。そのうちに、何が欲しいのかわからなくなってくる。雑誌の切り抜きやビデオ、そしてストレスだけがたまっていった。

飯島は、日に日に疲労が蓄積していくのを意識していた。一日中外を歩き回っているのだから当然だ。彼も雑誌をチェックしていたが、彼がターゲットにしているのは主に、ティーンズ向けのファッション誌だった。意外な素材が見つかることがある。

モデルというのは、タレントとは一線を画する職業だ。しかし、中にはモデルよりもタレントに向いていると思える個性が見つかることがある。それは勘《かん》でわかるものだ。録画していたビデオも見まくった。

とにかく、素材を見つけないことにはどうにもならない。

中根は期限を切らなかった。いつまでにアイドルをデビューさせろとは言わなかったのだ。しかし、長期的な展望でないことだけは明らかだ。中根はすぐにでも戦力が欲しいのだ。

それがわかっているから、飯島は焦っていた。

デビューには準備が必要だ。どんなに短く見積もっても半年はかかる。余裕を持って準備しようとすれば一年はかかるのだ。

つまり、今いい素材を見つけたとしても、それをデビューさせるのは半年から一年先ということになる。中根はそれまで待てるのだろうか。

久々に追い詰められた気分だった。

その日、飯島は曽我と一緒に高校の文化祭に来ていた。高校というのは、こんなにエロティックなところだったのかと、改めて驚いた。

女子高生は皆短いスカートを履《は》いている。その太ももは白く張りがある。男子生徒もむんむんするくらいの若さを発散している。

曽我も面《めん》食《く》らっているようだ。文化祭ということで、校内が華やいでいるせいもあるのだろう。

講堂で行われる演劇部の公演やバンドの演奏を見、模《も》擬《ぎ》店《てん》を回った。父兄と思われているのか、中根たちを訝《いぶか》しげに見る生徒はほとんどいない。

「どうだ？　ピンとくるのはいたか？」

一回りしたところで中庭に出て、模擬店のコーラを飲みながら、飯島は曽我に尋ねた。

「はあ……」

曽我は疲れ果てているように見える。

その覇気《はき》のなさについ苛立《いらだ》ってしまう。

「どうなんだ？」

「わからないんですよ」

「何がわからない？」

「いったい、自分がどういう対象を探しているのかわからなくなったんです」

その正直な物言いに、飯島は苛立ちを消し去った。

「そうか。まあ、無理もない。実を言うと、俺も自信がなくなってきた」

「社長には明確なイメージがあると言っていたじゃないですか」

「若い頃は、がむしゃらだったからな……。今となっては、あの時の気分を思い出すのは難しい……」

三人組の女子高生たちが、きゃあきゃあと話をしながら通り過ぎていく。短いスカートに張りのある白い肌。三人とも美人とは言いがたいがとてもかわいく見えた。年をとったせいか……。飯島は思った。若いというだけでかわいく思えてしまう。

それにあの服装だ。今の女子高生は自分を演出することを知っている。女子高生というのはブランドの一つと変わりない。あの制服は都会というステージで立派に通用するステージ衣装なのだ。

飯島も強い疲労感を覚えた。

彼も求めるものがわからなくなりそうだった。清楚で可憐、妖艶で神聖……。それはたしかに飯島の幻想に過ぎない。だが、若い頃には、その幻想をアイドルに託して表現できたのではないか？

やはり、今となっては無理なのだろうか？

ふいに曽我が言った。

「社長、うちでオーディションをやったほうが早くはないですか？」

それは考えないでもなかった。しかし、オーディションという短い時間で的確な判断を下す自信がなかったのだ。飯島が黙っていると、曽我はさらに言った。

「僕、これまでいろいろなオーディションに立ち会ったり、雑誌を見ているうちに思ったんです。今は、昔と違って情報が発達している。デビューしたがっている子は、必死でそういう情報に目を通しているはずです。いい素材が集まる可能性はあると思いますね」

「山のように応募が来たらどうする？　俺とおまえだけでさばく自信はあるか？　一次選考、二次選考と、何度かに分けて選考をやらなければならないかもしれない。たいへんな作業だ。しかもそれが徒労に終わるかもしれないんだぞ」

「うちだけじゃなく、ナカネ企画の手を借りたらどうです？」

中根はたしかに何でも協力すると言っていた。だが、中根には頼りたくなかった。これは飯島が任された仕事なのだ。

「いや、こいつはあくまでもミューズ・レーベルの仕事だ」

「でも、ナカネ企画に所属することになるんでしょう?」

「まあ、そうだが……」

「こうして、ただ歩き回っているより確率は高いと思いますが……」

飯島は即答を避けたかった。パイプ椅子《いす》から立ち上がると、飯島はただ「引き上げよう」とだけ言った。

飯島は一晩考えて、結局曽我の提案を受け入れることにした。このまま無駄に時間を費やしているわけにはいかない。曽我の言うとおり、逸材《いつざい》が見つかる可能性がないわけではない。

翌日から曽我と飯島はオーディションの段取りに追われることになった。募集は、オーディション専門誌だけに載せることにした。新聞などに広告や告知を載せることも考えたが、広告の予算がないし、応募数がいたずらに増えることを心配したのだ。

書類選考の後、カラオケを常備しているクラブで公開オーディションをすることになった。六本木にあり、深夜から朝にかけて混み合う店で、クラブのホステスたちが店を引けてから客とやってくるような場所だ。芸能人や有名スポーツ選手の客も多い。飯島も何度か行ったことがあり、店長と懇意《こんい》になっていたので、昼間に格安で借りることにしたのだ。店の宣伝にもなるということで、二つ返事で場所を提供してくれた。

募集の期間はごく短期だった。雑誌に掲載してから一ヵ月。雑誌の発売日の翌日から応募の書類が届き始めた。芸能界デビューに憧れる若い娘がいかに多いかということを物語っている。

履歴書と全身写真。それを飯島と曽我の二人だけで振り分けていく。最終選考には二十名を目処《めど》に残すつもりだった。

雑誌発売後、一週間で百通を超えた。しかし、その後は応募の数が減った。締め切り間際にまた少し増えたが、結局は二百通を超えなかった。応募総数百八十九通。

曽我がほかの社員の声も聞きたいといい、飯島もそれに同意した。結局、書類選考の最終段階では、ディレクター全員の意見を聞くことになった。スタジオ仕事がないディレクターを総動員して書類選考を続け、公開オーディションの一週間前になんとか二十人に絞《しぼ》ることができた。

応募者の年齢は、最低が九歳から最高は二十五歳に及んだ。九歳のケースは親が応募してきたようだ。

かつては、本人が芸能界に入りたいといっても親が頑《がん》として反対したものだ。親を説得するためにずいぶん苦労したことを思い出す。飯島は複雑な気分だった。自分にもし子供がいたら、絶対に芸能界入りは許さないだろうと思う。

結局その九歳の子も二十五歳の応募者も最終選考には残らなかった。最終選考に残ったのは女子高生がほとんどだ。中学生もいる。最高年齢は十九歳の家事手伝い。一目見て水商売とわかるような応募者も多かった。キャバクラなどでアルバイトをしている女の子なのだろうと飯島は思った。

彼女らは、残念ながらこれからデビューするには手垢《てあか》が付きすぎていると飯島は思った。キャバクラやクラブのホステスはすでにデビューしてしまっている。店は彼女たちのステージなのだ。ホステスは、そこでステージ衣装を着て、客のために演技を続ける。

最終選考に残った応募者に、公開オーディションの案内を送り、同時に落選した者にもその旨を伝える知らせを送る。庶務の女の子といっしょに封筒の宛《あ》て名書きをしていた曽我が、ぼんやりと段ボールの箱を眺めている。選考に漏れた応募者の書類が入った箱だ。

「何だ？」

飯島は曽我に声を掛けた。「何か気になることでもあるのか？」

曽我は、驚いた顔で飯島を見た。それからもとの憂鬱《ゆううつ》げな顔に戻って言った。

「いえね……。この子たちも、デビューしたかったんだろうな、と思いましてね」

「選択というのは非情なものだ。非情でなければ、よけいに辛《つら》い思いをさせることになる」

「どういうことですか？」

「素質もない子に期待を抱かせるようなことは避けなければならない」

「なるほど、そうですね……」

「何かを選ぶというのは、それくらいの覚悟がいる。そして、人生というのは選択の総和だ。そんな気がしないか？」

「選択の総和？」

「そう。人は常に何かを選び続けて生きている。朝起きてから寝るときまで、常に選択し続けているんだ。目覚めた瞬間から次に何をするかを選択する。俺《おれ》は、ひょっとしたら時間の経過というのは選択の結果なんじゃないかという気さえする」

曽我は、眉根《まゆね》に皺《しわ》を刻んだ。

「何ですか、それは……」

「意識するしないにかかわらず、私たちはある瞬間、瞬間、選択を続けている。それが時間の経過という形で現れる」

「僕が何かを選択しなくても、時間は経過していくでしょう」

「一般にはそう認識されている。だが、それを確認できる人はいない」

「そんなばかな……」

「おまえは常に次の瞬間にどうなるかを選択している。だからこそ時間が経過していく。その選択をやめた瞬間に時間は止まっているのかもしれない。だが、時間は止まっているから、おまえはそれを認識はできない。何かを選択した瞬間に時間は動きはじめる。時間が連続して流れているように感じるのは錯覚《さっかく》かもしれない。そう感じたことはないか？」

「ないですよ、そんな……。じゃあ、何ですか？　僕がこの世界の時間を支配しているというのですか？」

「この世界という言い方は正しくないかもしれない。おまえの世界だ」

「だって、何もせずにぼうっとしていても時計は進むじゃないですか」

「それは何もしないことをおまえが選択しているからだ」

「その考えって、どういう意味があるんです？」

「意味などないよ。時間というのはそういうものかもしれないと思うだけだ。昔何かで読んだことがあるんだ。物理学の本だったと思う。アインシュタインの相対性原理や量子物理学について書いてあった本だ。物理学者の中には、時間は均一に流れるものではなく、ただ均一だと認識されるに過ぎないと考えている人たちがいるそうだ」

「均一だと認識されるだけ？」

「そう。ある瞬間、おまえの意識には過去と未来の情報が入っている。過去と未来の違いが何かわかるか？」

「違い？　そんなのはっきりしているじゃないですか。過去は過ぎ去ったことで、未来はこれからやってくることです」

飯島は、かすかに苦笑した。

「そうだな。それが普通の認識というものだ」

曽我は少しばかりむっとした表情をした。苦笑を嘲笑《ちょうしょう》と受け取ったのかもしれない。

「じゃあ、普通じゃない認識というのがあるんですか？」

「時間の経過が均一ではなく、さらに一定方向に流れているのでもないとしたら、過去と未来の区別は、情報量の差でしかないということになる。確実な情報が多いほうが過去で、情報が少なく曖昧《あいまい》なほうが未来ということになる」

「時間の方向が一定じゃないって……」

「おまえはひょっとしたら、ぽんぽんと時間軸をジャンプしているのかもしれないんだ。だが、おまえはある方向に向かって時間をたどっているような認識しかない。つまり、どこかにジャンプしたとたんに過去の記憶と未来の予測が認識される」

「そんなの想像できませんよ」

「ビデオを連想してみるといい。ビデオは一時停止もできるし、早送りもできる。巻き戻しもできる。だが、ビデオの中の映像は再生された瞬間に一定の方向に一定の速度で流れていく。われわれの認識も同じだ。再生された瞬間からの認識しかわれわれはできない」

「つまり、こういうことですか？」

曽我は真剣な顔つきになった。「映画のビデオを見ているとしますね。それを一時停止しようと、巻き戻ししようと、再生した瞬間に映画のストーリーは何事もなかったように動きはじめる。我々の世界というのは、その再生されているときの映画のビデオと同じだということですか？」

「同じではないが、きわめて似ているのかもしれない。時間軸をジャンプするということを考えれば、ビデオなんかよりデジタルのLDやDVDのほうが近いかもしれないな」

　曽我はかすかにかぶりを振った。

「なんだか訳がわからない。僕はやはり、過去はあくまで過ぎ去った時間で、未来はこれから来る時間だとしか考えられませんね。そして、僕が何を認識しようと時間は関係なく一定に流れている。それが普通の感覚でしょう」

「だが、真実はそうじゃないかもしれない」

「だから、そう考えることに何か意味があるのかと訊《き》いているんです」

「安心できる」

「安心……？」

「何かを選ぶというのはつらいこともある。迷いが大きければ大きいほど、その結果の後悔も大きい。だいたい、人間などどんな結果を選んだとしても必ず後悔するものだ。そんなとき、過去にジャンプして別な選択をする自分がいるかもしれないと思うと何だか安心しないか？」

「それ、おかしいですよ」

「おかしい？」

「だって、ビデオは何度巻き戻しても、再生する度に同じことが繰り返されるんですよ。別の場面が展開することなどありえません」

「だが、実際の時間の流れはビデオとは違うかもしれない。そういうことがあるかもしれないんだ。そう。これは俺の勝手な解釈かもしれんが、それで俺はいろいろなことを決断することができるようになった」

曽我は戸惑《とまど》った表情だ。

無理もない。飯島は思った。なぜだか、曽我にはこういう話を聞かせてしまう。特に気に入っているというわけではない。むしろ、彼を見ていると苛立つことが多い。

いや、ひょっとしたら、俺はこいつを気に入っているのだろうか?

どこか、自分の若い頃に似ているのかもしれない。それを感じるからこそ、余計に苛立つのではないだろうか?

「社長はロマンチストですからね」

庶務の女の子の声が聞こえて、曽我と飯島は同時に彼女のほうを向いた。彼女の名前は、八代妙子《やしろたえこ》。まだ二十七歳だが、短大を卒業して入社し、すでに七年のキャリアを持っている。丸顔で愛嬌《あいきょう》があり、とにかくよく働く。事務処理能力に長《た》けているだけでなく、機転がよくきき、社員全員から頼りにされていた。

「ロマンチスト?」

曽我は妙子に尋ねた。

「そうよ。ロマンチストで哲学家。だからこそ、長年第一線で活躍できたのよ。この世界は、理屈だけでもだめ。情念だけでもだめ」

妙子に言われると妙に気恥ずかしかった。曽我はまだ戸惑った顔をしている。

「応募してきた女の子の運命をおまえが握っているなどと思い込まないことだ」

飯島は曽我に言った。「彼女たちは、それぞれに自分の人生を生きるしかないということなんだ。選ばれるのも人生、落選するのも人生。落選したら次の選択を彼女たちがするだけのことだ。つまり、俺が言いたかったのはそういうことだ」

「はあ……」

「それに、今の女の子は落ちてもそれほど気にしませんよ」

妙子が言った。「若い子はドライですからね。ダメモトで応募している子が大半でしょうから……」

なるほど、彼女の言葉のほうが曽我を元気にしてやれるかもしれないな。

飯島はそんなことを思っていた。

6

「一番、佐々木恵《ささきめぐみ》。Ｃｏｃｃｏの『強く儚《はかな》き者へ』を歌います」

公開オーディションが始まった。

審査員は、ミューズ・レーベルのディレクターたちだ。曽我は進行係で、楽屋代わりの部屋とステージを行ったり来たりしなければならなかった。

司会進行は、ナカネ企画の女性タレントに頼んだ。審査員席には中根社長の姿もある。

カラオケで歌を歌い、得意な芸があれば披露してもらう。

最後は水着審査だ。水着の審査がないことにはマスコミが喜ばない。公開オーディションのメリットは話題作りの一環として利用できるということだ。グラビア雑誌などに取り上げてもらえれば、めざといアイドルマニアなどがチェックしてくれるかもしれない。

曽我は、とにかく、会場内を走り回らなければならなかった。出場者の段取りから、司会者との打ち合わせ、カラオケ係との曲目の打ち合わせ、音出しのタイミング。すべて曽我がやらなければならない。

これはいやがらせじゃないのか？

曽我は思った。

オーディションなどという面倒なことを提案した僕に対するあてこすりなのかもしれない。

会場内はそれなりに華やかな雰囲気だった。若い女の子が集まっているというだけで、華やいだ雰囲気になる。会場は出場者の関係者やマスコミ関係者でそこそこの賑《にぎ》わいだ。店の営業時間と同じソファとテーブルの配置というのがかえってよかったと曽我は思った。皆がリラックスしている。

飯島は審査員席にいる。彼はオーディションが始まる前に曽我に言った。

「いいか？　本当のオーディションは、ステージの上よりも控室《ひかえしつ》だと思え。そこで光る子を見つけるんだ。だから、審査員はむしろ飾りだ。おまえの眼《め》でアイドルを見つけるんだ」

だが、実際にオーディションがはじまると、女の子たちを観察している余裕などなかった。出番を確認して、次々とステージに送り出す。そして、戻ってきた子に次の段取りを説明する。

二十人すべての出番が終わるのに、三時間ほどかかった。

曽我は出演者を客席に移し、それまで出演者控室だったところを、審査員の控室にしなければならなかった。もともとそこは、店の従業員たちのロッカールームだ。

審議が始まったが、飯島は浮かない顔だった。

・ナカネ企画の中根社長は、上機嫌だった。こういう華やかなイベントが好きな社長だった。

中根が笑顔で話しかけても、飯島は苦虫《にがむし》を嚙《か》みつぶしたような顔をしている。

突然、飯島が曽我を呼んだ。曽我は駆けていった。

「おまえ、ぴんと来たの、いたか?」

飯島は曽我に尋ねた。曽我は言い訳したくなかった。たしかに段取りに忙しくて、女の子の観察どころではなかったのだが、そんなことは飯島には言えない。

「三番と五番、それに八番の子もよかったと思います」

飯島はさらに不機嫌そうになった。

「つまりは気に入った子がいなかったということだ」

「いえ……。だから、その三人が……」

飯島が声を荒らげた。

「おまえは、この前俺《おれ》が『虎《とら》の穴』で言ったことがわかっていないようだな」

曽我は驚き、次の瞬間に腹を立てた。

何で怒鳴《どな》られなきゃならないんだ。僕はやるだけのことはやっているじゃないか。気に入っていた『エデューソン』の仕事を他人に預けてまで、アイドル探しに奔走《ほんそう》している。

もう、やっていられない。

すべてを放《ほう》り出して、その場から出て行きたかった。中根社長が取りなすように言った。

「いや、俺も三番と五番はなかなかよかったと思うよ」

「そういうことじゃないんだ」

飯島が言った。他のディレクターは黙って成り行きを見守っている。

「そういうことじゃないって……？」

中根社長が尋ねる。飯島は、不機嫌な表情のままこたえた。

「アイドルを探すっていうのはな、そういうことじゃないと言ってるんだ。一目見たとたんに感じるものがなきゃだめなんだ。俺はな、こいつにある例え話をした。通学電車の中で見かける気になる女の子といったような話だ。つまり、俺が言ったのは、一目惚《ひとめぼ》れしなきゃだめだということなんだよ。それくらいの魅力がないと、スターになんてなれない」

飯島は大きくため息をついた。

「俺はな、今日、そういうときめきみたいなものを感じなかった。通学電車で見かけて、明日もまた会いたいと感じるようなときめきだ。これは、俺が年をとったせいかもしれないと思っていた。たしかにかわいい子はいた。歌のうまい子もいた。だが、俺はどきどきしなかった。もしかしたら、曽我が誰かに何かを感じたかもしれないと思った。曽我は、ステージ以外の彼女たちを見ていた。さりげないしぐさにどきりとすることだってある。何気ない会話にときめくことだってある。俺はそういう返事を期待していたんだ」

曽我は、またしてもたまらなく恥ずかしくなった。飯島の期待にこたえられなかったということだ。焼き肉屋で飯島が言ったヒントというのはそういうことだったのか……。

曽我はまたしてもひどく落ち込んでしまった。

こんな仕事はもういやだ。僕だって『エデューソン』の件ではちゃんとやっていたんだ……。

「私は、三番と五番を推《お》すよ」

中根が言った。「一人に絞《しぼ》れというのなら、三番を推す」

飯島が尋ねた。

「おまえ、あの三番に一目惚れしたか?」

「冗談を言うな。俺はプロダクションの社長だぞ。在籍するタレントにいちいち惚れていたら体が持たないよ」

「アイドルをデビューさせるというのはそういうことだと言っただろう。半端《はんぱ》な素材じゃもたないんだ。金をどぶに捨てることになる」

「他の審査員の意見も聞こうじゃないか」

中根は、他のディレクターの顔を見回した。「誰か、気に入った子がいたという者はいないか?」

誰も何も言わない。

曽我は、ディレクターの誰かが名乗りを上げてくれることを祈った。誰かが、気に入った子がいると言えば、これまでの苦労も報われ、このつらい仕事が終わるのだ。

しかし、誰も発言しようとしなかった。中根は困り果てたような顔で言った。

「遠藤、君はどうだ?」

遠藤啓一《けいいち》はミューズ・レーベルの売れっ子ディレクターだ。飯島の信頼も厚い。彼が何か言ってくれれば、状況も変わるかもしれない。曽我はそういう期待を込めて、遠藤を見つめた。

遠藤は、肩を窄《すぼ》めた。

「えーと、俺も強いて言えば三番だけど。自ら手がけたいっていう閃《ひらめ》きは感じなかったですね」

閃き……。

飯島はそれが大切だと言っていた。たしかに、曽我もそういうものは感じなかった。だが、それは単に忙しかったからかもしれない。冷静に彼女らを観察できれば……。

しかし、それが自分に対する言い訳であることに、すでに気づいていた。飯島が言いたいのはそういうことではない。一目見て、はっとするくらいの魅力を感じたかどうかだ。じっくり観察する必要などないのだ。

中根が言った。

「じゃあ、結果は?」

飯島は唸《うな》るように言った。

「受賞者なしだ」

曽我はその言葉を予想していた。どんなに苦労しようがそれが報われるような仕事ではないのだ。

焼き肉屋で飯島が運の話をしていたのを思い出した。たしかに、この仕事は運に左右される要素が大きい。

中根は悲しげにかぶりを振った。

「私はこのオーディションに期待していたのだがな」

飯島がぼそりと言った。

「俺だってそうだ」

本当にそうなのか?

曽我は飯島に心の中で詰問《きつもん》していた。

提案した僕に苦労をさせようとしただけではないのか? あんたは最初からオーディシ

ョンに期待などしていなかった。この結果がわかっていたんだ。

「だが、仕方がない」

飯島が言った。「残念だが、受賞者なしという発表をして、オーディションを終わろう」

「あの三番はまだ中学生だ」

中根が食い下がった。「磨《みが》けば光るかもしれない。ミューズ・レーベルでやれないというのなら、ナカネ企画であずかるが、いいか?」

「やめておけ」

飯島が冷たい口調で言った。

「なぜだ?」

「あの子には艶《つや》がない」

「だから、まだ中学生だと言っているだろう」

「年齢など関係ない。売れる子は、子供のときから独特の艶を持っているもんだ。プロダクションで預かってどうするというんだ? デビューさせられる自信があるのか? 映画の端役《はやく》や仕出しに使うだけなら本人のためにも声など掛けないことだ。この先の人生を狂わせる恐れがある」

中根は何か言いかけたが、あきらめたように眼を伏せた。それで、議論は終わりだった。

悔しいが、飯島の言っていることは正しい。曽我はそれを受け入れるしかなかった。正論だからこそ、腹が立った。どんなに反論しても勝ち目がないのだ。

そうして、曽我の苦労は水の泡となり、アイドル探しは一から出直しとなった。

オーディション失敗のショックは意外と大きく、曽我は仕事に対する意欲を失いかけていた。しかし、飯島は情報を要求してくるし、一緒にミスコンやオーディションなどに出掛けなければならない。

オーディションといってもさまざまな種類がある。

飯島のコネで放送局のドラマ・オーディションを見学した曽我は、実に地味な印象を受けた。劇団に所属している子が多い。演技の実力がものを言うこうしたオーディションは華やかな雰囲気とはかけはなれており、厳しさを感じる。

それよりさらに厳しいのが、舞台のオーディションだ。舞台は完全な実力主義だ。ダンスのオーディションも独特の厳しさに包まれている。

一方、華やかなのがキャンペーン・ガールのオーディションだ。目もくらむばかりの脚線美が展開する。

ショー・モデルのオーディションも華やかだが、こちらはファッション界独特の排他《はいた》的な神経質さを感じた。

仕事に意欲はなくても、それくらいのことは感じ取ることができる。だが、結局はそれだけのことだ。

飯島が自分に何を期待しているのかはだいたい理解できた。だが、理屈で理解しているだけのことだ。どうしていいのかはわからない。常識の範囲では、きちんと仕事をしているということになるだろう。しかし、この仕事は常識を超えたところで勝負しなければならないのかもしれない。

それが重荷となっていた。

また、何も結果が出ないまま日々が過ぎていった。

あれ以来、飯島は曽我に強く何かを要求することもなくなった。

クマリの神話だの、時間と認識の話だのといった、こちらが面食《めんく》らうような話もしなくなった。

もう、僕に期待していないということだろうか？

その無念さは飯島への反感に形を変えて、曽我の心の中でくすぶっていた。

泥《どろ》の海を必死に泳いでいるようなものだ。飯島はそんな気がしていた。泳ぎ着くべき岸が見えない。いくら手足を動かしても、前へ進んでいるという実感がない。

曽我が日に日に元気をなくしていく様子を見るにつけ、苛立《いただ》ちが募った。曽我には若さが持つ可能性を期待していた。だが、期待はずれだったのかもしれない。

いや、若さなどというもの自体が幻想にほかならないのかもしれない。自分の若い頃のことを思い出す。

たまたま恵まれていたのかもしれない。

学生のときにクマリを見るチャンスを得たことも、最初に担当したアイドルがヒットしたことも、また、彼が現場にいた頃が音楽業界の急成長の時代だったことも……。

中根に白旗を振ってしまおうかとも思った。別に中根は飯島と勝負をしているつもりなどないはずだ。飯島が勝手に意地を張っているだけだ。それはわかっていた。

やはり、いまさらアイドルを手がけるなど、俺には無理だ。そう言ってしまえば楽になるかもしれない。

だが、それができないことも自分でわかっていた。言いだしたのは中根だ。しかし、今では、飯島の仕事になっていた。飯島は、この仕事に何かを託しているような気分になっていた。それに気づいたのは最近のことだ。

たしかに中根が言ったとおり、彼はやり残したことがあるような気がしていた。このまま現場を離れて、管理職としてだけ仕事に携《たずさ》わっているのはなんとも残念な気がしていたのだ。

そして、もう一度思い切り理想を追いかけてみたい。そう思いはじめていたのだ。その理想というのは、やはりクマリのイメージだった。

クマリそのものではない。若い頃に抱いていたクマリに対するイメージだ。

いまさら弱音は吐けない。俺と曽我で何とかしなければならないのだ。飯島は何とか自分にそう言い聞かせようとしていた。

# 7

綾部は岩浅に言われたとおり、超常能力を持つ少年少女が同じ夢を見ておびえているというレポートを書いたアメリカのグループと連絡を取り合っていた。

極秘で国内の臨床心理学者や精神科医に対して聞き取り調査も行っていたが、そちらのほうは芳《かんば》しい結果が得られなかった。医療関係者の守秘義務に阻《はば》まれ、思ったように調査が進まなかったのだ。

捜査令状を持った警察官ですら守秘義務には苦労するのだ。法的な強制力のない自衛隊の情報部の調査活動ではやれることは知れていた。

こういうとき、つくづくアメリカの軍関係者がうらやましくなる。実態はよくは知らないが、日本に比べアメリカでは軍隊の社会的な立場がずいぶんと高いような印象を受ける。謀略小説やその類の映画をよく見るせいか、ペンタゴンの情報局やNSA（国家安全保障局）、CIAといった情報諸機関はかなり強硬な活動を行っているように感じる。

だが、それも、隣の芝生《しばふ》が青く見えるだけかもしれないと考えることにした。アメリカの情報機関の連中だって、皆それなりに不満を抱えているはずだ。特に、クリントン政権は軍関係の予算を大幅にカットする政策をとり続けているから、彼らだって楽ではないはずだ。

レポートを送ってきたグループは、ＡＡＯと名乗っていた。それが何の略であるかはわからない。最後のＯは、オーガニゼーションかオペレーションではないかと想像がつく。ＡＡはアジア、アフリカか……。

そのＡＡＯが、日本に人を送り込んでくると言ってきた。

綾部は不愉快な気分になった。こちらの調査活動がはかどらないので、直接文句を言いに来るのかもしれないと考えたのだ。あるいは、自ら日本国内で調査をしようというのだろうか？

いつまでたっても、アメリカ軍は日本を占領しているつもりでいるようだ。実際、自分の力で自分の国を守れないのだから、そう思われても仕方がない。

北朝鮮からテポドンが発射されたときも、自衛隊ではキャッチすることができず、米軍から知らせを受けた。テポドンは能天気《のうてんき》な日本人たちの頭の上をやすやすと飛び越えていったのだ。

米軍には日本の国を守ってやっているという思いがある。乗り込んでくれば簡単に調査活動がやれると思っているのかもしれない。事実、ＧＨＱはやりたいことをやった。

綾部はまたしても、岩浅に相談しなければならなかった。

岩浅の席に近づき、気をつけをして報告した。

「ＡＡＯから人が来るということです。まずは横田基地に到着して、その後われわれと接触をして今後のことを協議したいと言ってきていますが……」

「楽にしていい」

岩浅は眼《め》を上げると言った。「AAO？　それは、例の予知夢《よちむ》に関するレポートを書いたグループだな？」

「予知夢という記述はどこにも見当たりません。ある特殊な能力を持つ子供たちが同一の夢を見ておびえていることが報告されているというだけです」

「君は軍人より政治家向きかもしれないな」

「は……？」

「当たり障《さわ》りのない言い方をする」

岩浅はかすかにほほえんだ。綾部は、少しばかり傷ついた。彼は、軍属であることに誇りを持っていた。

「正確を期そうと思っただけです」

「それで、その後、AAOとやらはどんなことを言ってきているのだ？」

「追加のレポートはありません。こちらの調査内容を問い合わせるだけで……」

岩浅はゆっくりと背もたれに体をあずけると、眼を天井に向けて何事か考えていた。やがて、綾部に眼を戻すと言った。

「君の役目だ。そのAAOの要求にできる限りこたえてやりなさい」

「その……」

綾部は、一瞬口ごもってから言った。「本気で付き合う必要がありますか？」

「どういう意味だね？」

「私には、どうもアメリカ人の酔狂としか思えないのです。こういうレポートが国防に関わることとはどうしても思えません」

岩浅はくつろいだ姿勢のまま綾部を見つめている。その表情からは何を考えているかは読み取れない。

「とにかく、話を聞くことだ。そして、相手が本気だとしたら、こちらも本気で対処するんだ。ＤＩＡだって予算がぎりぎりまで削《けず》られていて、なかなか身動きがとれないはずだ。それなのに、こうして誰かが日本にやってくるという。もしかしたら、重要な何かに結びつくかもしれない」

綾部はうなずいた。その点については、納得できる。ペンタゴンは冗談や酔狂のために出張を許したりはしないだろう。

「おっしゃるとおりだと思います。出迎えの準備をしたいと思います」

「君に任せる。必要があれば、人員を割《さ》く」

「はい」

「他に何か？」

「いえ。失礼します」

綾部は、気をつけをし一礼してから岩浅のもとを去った。

岩浅の言うとおり、まず相手の話を聞くことが先決だ。さまざまな判断はその後でいい。

綾部はそう考えることにした。

五日後に、担当者が市ヶ谷を訪ねてきた。同盟国の人間とはいえ、情報局内に案内することははばかられた。綾部は市ヶ谷会館の新館ロビーで相手と待ち合わた。

綾部にとって相手は意外な感じがする人物だった。ペンタゴンの情報局からやってくるというから、てっきり筋金《すじがね》入りの軍人か冷徹な諜報員《ちょうほういん》タイプかと思っていた。

だが、目の前に現れたグレッグ・マクルーハンは、軍の諜報部員というには明らかに年を取り過ぎているように思えた。白人で髪はすでに真っ白だった。顔の下半分も、真っ白な髯《ひげ》に覆《おお》われている。

その上、腹が突き出ており、とても軍人とは思えなかった。血色がよく、ピンク色の頬《ほお》が白い髯の上に顔を出している。青みがかったグレーの眼は聡明さと同時に、冷静さを物語っている。知性を感じさせる眼の表情だった。

白人の年齢はよくわからないが、少なくとも六十歳を超えているように見える。

綾部は得意の英語で話しかけた。

「ミスタ・グレッグ・マクルーハンですね?」

マクルーハンは手を差し出した。

「あなたが、メイジャー・アヤベ?」

「ようこそ、日本へ。歓迎します」

マクルーハンの握手は型通りで、親しみを感じるものではなかった。

「昼食がまだなら、ご一緒しませんか？」

「ありがたいね。朝からなにも食べていないんだ」

マクルーハンはにこりともせずに言った。

「基地では食事にありつけなかったのですか？」

「基地？」

「横田からいらしたのでしょう？」

「着いたのは横田だが、すぐにホテルに移ったよ。オークラというホテルだ」

ホテル・オークラはアメリカ大使館のすぐ近くにあり、米国政府の官僚クラスが宿泊することで知られている。当然、CIA関係者も泊まるが、軍の連中が利用するという話は聞いたことがない。

綾部はマクルーハンをレストランに連れて行き、飲み物は何にするかと尋ねた。海外では昼食時にもアルコールを飲むことが珍しくない。マクルーハンは、ミネラルウォーターを注文した。

食べ物にはそれほど興味はなさそうで、メニューを一瞥《いちべつ》しただけで、ステーキ・ランチの写真を指さした。

綾部は同じものを注文した。

「さっそくだが……」

マクルーハンは、ウェイトレスが去るとすぐに話しだした。「レポートは読んでいるね?」

「もちろんです」

「だが、その意味の重要性については把握《はあく》できていない。違うかね?」

灰色の眼がじっと綾部を見つめている。綾部は落ち着かない気分になった。たしかにマクルーハンの言うとおりだが、それは仕方のないことだ。それを説明しようとしたが、マクルーハンはそれを遮るように言った。

「わかっている。米国内でも反応は同じようなものだ。私が頭の固い軍の連中を説得して予算をつけさせるのにどれくらい苦労をしたか……」

「軍を説得して予算をつけさせる……? 失礼ですが、軍の方ではないのですか?」

「ペンタゴンで働いてはいるが、軍人ではない。私はDIAの科学諮問《しもん》委員会のメンバーで、プリンストン大学の教授だ」

なるほど、納得がいった。軍人にも諜報員にも見えないはずだ。

「日本へはお一人でいらしたのですか?」

「ようやく一人だけの出張が認められた。それほど予算が潤沢《じゅんたく》ではないのでね」

「来日の目的は?」

「アメリカ国内でやったことと同じだよ。つまり、君たちを説得して事の重要さを把握してもらう。そして、一刻も早く本気で調査活動を開始してもらうためだ」

「最初にうかがっておきたいことがあるのですが……」

「何だ？」

「AAOというのは何ですか？」

「我々の研究グループだ。最初は私の個人的スタッフで研究を始めた。私の専門は心理学。特に、潜在意識についての研究をしている。今では、DIAのスタッフも加わり、ようやく二十人ばかりの人数が確保できた」

「何の略ですか？」

「アンチ・アーマゲドン・オペレーション」

綾部はその言葉を頭の中で反芻《はんすう》し、どういう反応をしようか真剣に迷った。もしかしたら、狂人の相手をしているのではないだろうか？　そんな気がしたのだ。

狂信的な学者が、軍のチャンネルにコンピュータで割り込み、レポートを送ったり綾部と情報をやりとりしていたのかもしれない。その可能性を疑い、恐ろしくなった。

しかし、すぐに冷静さを取り戻した綾部は、そのようなことができる可能性は極めて少ないことに気づいた。ペンタゴンのコンピュータに侵入したり、そのコンピュータを利用して軍事的なチャンネルに割り込んだりすることはたしかに不可能ではない。しかし、そうしたハッカーがこうしてそのチャンネルの一方に会いに来るというのは考えられない。

こちらが身分の確認を取ろうと思えばいくらでもできるのだ。そして、実際、綾部は何度かグレッグ・マクルーハンの名前を先方に確認していた。

だとしたら、実際にDIAで働いているのであり、つまりは正気だということになる。

ならば、アンチ・アーマゲドンなどという言葉をどう解釈したらいいのだろう。

アーマゲドンというのは、ハルマゲドンに当たる英語だ。ハルマゲドンは、新約聖書のヨハネの黙示録《もくしろく》に出てくる『メギドの丘』のことだ。ここでこの世の最終的な戦いが行われることから、ハルマゲドン、あるいはアーマゲドンという言葉は、終末的な戦いの意味で使われる。

つまり、マクルーハンは、最終戦争を防止あるいは回避するための作戦に従事しているということになる。

マクルーハンはじっと綾部を見つめている。戸惑《とまど》いを観察されているようで、綾部はさらにうろたえた。相手は心理学者なのだ。心の中を見透《みす》かされるような気がする。

「それは……」

綾部は言った。「それは米軍の正式な作戦名なのですか?」

「最初は違った」

マクルーハンは表情を変えずに話しだした。「私は先程も言ったように、潜在意識に関する研究を長年続けている。特に、幼年期から成人に至るまでの期間に興味を覚えている。幼年期は潜在意識と顕在意識の境目が、成人よりも曖昧《あいまい》だからだ。大人は潜在意識に蓋《ふた》をしてしまう。潜在意識を封じてしまうから大人になれるのだとも言える」

マクルーハンは早口で話し始めた。英語のヒヤリングに関してはまったく苦労したことのない綾部だが、その早口についていくにはかなりの集中力を必要とした。

ウェイトレスが料理を運んできてマクルーハンの説明は中断した。料理が目の前に置かれ、ウェイトレスが去るとマクルーハンはまた話しはじめた。料理に手を着けようともしない。

「研究のために、私は長年、少年少女の聞き取り調査をしている。サンプル数は膨大《ぼうだい》なのだ。無作為《むさくい》に抽出《ちゅうしゅつ》したサンプルで、偏りはないつもりだ。大学のスタッフを使って調査をしていたが、彼らは私の意図をよく心得ているから、結果に対して妙な操作をするようなこともない。その点はちゃんとチェックしてある。そうした研究を長年続けていて、私は奇妙な事実に気づいた。サンプルの中のあるグループがある特定の時期に同じ夢を見ることを知ったのだ」

綾部も料理に手を着けるどころではない。マクルーハンの早口の説明にじっと集中していなければならなかった。

「最初にこの兆候《ちょうこう》に気づいたのは、一九九五年の九月の末のことだ。かなりの数に及ぶ少年少女が同じ夢にうなされていることを知った。夢の内容は明らかに地震と津波を物語っていた。私は、当初、九五年九月十四日に起きたメキシコ南西部の地震が影響しているのかもしれないと考えた。この地震のマグニチュードは七・三。死者が三名、負傷者が百人を超え、アメリカ国内で大きく報道された。こうした報道におびえる幼児はよくいる。天変地異を恐れる子供が悪夢を見たのかもしれないと考えていた。だが、その悪夢はその後も続いた。やがて、私は単に過去の記憶がもたらした悪夢ではないのかもしれないと疑いはじめることになる」

マクルーハンはそこで言葉を切って、綾部の顔をうかがった。ちゃんと理解しているかどうか観察しているようだった。綾部は言った。

「その後、何か起こったのですか?」

「十月二日にトルコでマグニチュード六・一の地震があり、死者百人、負傷者三百人以上の惨事となった」

「偶然ではないのですか?」

「十月三日には、ペルー・エクアドル国境でマグニチュード七・〇の地震があった。十月七日にはスマトラ南部でマグニチュード六・九の地震があり、死者八十四人、負傷者二千人を出している。さらに十月十日には、メキシコ・ハリースコ沿岸でマグニチュード七・三の地震があった。死者は約五十人、負傷者は百人に及んだ。十月二十四日には、中国の雲南省で大きな地震が起きている。九五年の十月は世界で地震による被害が続発した月なんだ」

マクルーハンはそこまで説明すると、いきなりナイフとフォークを手にとってステーキを一切れ口に放り込んだ。味わっているという感じではない。

そのチャンスに、綾部は尋ねた。

「私にはやはり、偶然としか思えませんね。やはり、あなたが先程言われたとおり、九月のメキシコの地震におびえた子供たちが悪夢にうなされ、偶然に十月に地震が多発した。それだけのことだと思います」

マクルーハンはせわしなくステーキを咀嚼《そしやく》すると飲み込んで言った。

「地震の夢を見た子供たちは、同様にまた同じ夢を見はじめた。大空に開く大きな花火の夢だ」

「花火……？」

「そうとしか理解できない。だが、花火が恐ろしいはずがない。子供たちは花火の夢を見て怯《おび》えていたんだ。そして、スペースシャトルの爆発事故が起こった」

綾部は眉《まゆ》をひそめていた。

「地震の夢を見た子とその爆発の夢を見た子は一致しているのですか？」

「完全に一致しているわけではない。しかし、かなりの確率でダブっている。私はその子供たちをグループＰと名付けた」

「グループＰ？　何のＰです？」

「予言者。プロフェットのＰだ」

「予言者ですって……」

「まあ、便宜《べんぎ》上そういう言い方をしているだけだ。今年に入ってグループＰに属する多くの子が、山火事の夢を見た。そして、フロリダの大自然火災が起きた」

マクルーハンは話すのをやめて、ステーキを食べ始めた。機械的に肉を切っては口に運ぶ。食事をするというより、燃料を補給しているという感じだ。

綾部は何かを質問しなければならないと思った。しかし、何を訊《き》いていいのかわからない。

瞬《また》く間にステーキを平らげたマクルーハンは、再び説明を始めた。

「グループPが、将来起きる大惨事をあらかじめ夢で見ているという可能性を、私は否定できなくなった。ならば、逆に積極的にそれを利用できないかと考えた。そのためには、グループPの特性を知る必要があった。私は彼らに対して、心理的な各種のテストを行った。その結果、彼らはおおむね精神的には異常はないが、若干の神経症的な傾向を示すことがわかった。つまり、神経質な子供たちだ。そして、ある一つの特徴が見て取れた。ESPカードというものがある。星形、波形、三角形、円などが描かれたカードで、裏返しにした状態でそれが何か当てるというものだ。グループPの子供たちはかなりの確率でカードを言い当てた。つまり、一般的に言われる透視能力が強い子供たちだった。そして、中には、他人の心が読めることをひたすら秘密にしている子供もいた。つまり、テレパスだ」

「透視能力……、テレパシー……。私はそういう話は苦手です。どうしても信じられないのです」

「だが、事実だよ。冷戦時代には米ソ両軍でさかんに研究された。おかげで、超能力というものがかなり明らかにされてきた。実際にそういう力を持つ人がいるという事実は、今やかなり一般的に認められている」

綾部はうなずいた。

「知っています。ＦＢＩなどで、犯罪捜査にも活用されているという話を聞いたことがあります。ですが……」

マクルーハンは綾部の戸惑いをあっさり無視して話を続けた。

「私は、なぜ子供たちが予言めいた夢を見る傾向が強いのか考えた。そして、そうした夢は潜在意識に大きく関係していると考えた。もともと夢というのは潜在意識と密接に結びついている。そして、ある学説によれば、潜在意識というのは全人類で共有している部分があるようなのだ。つまり、君と世界中の人類は潜在意識でつながっているのかもしれないんだ」

「ユングの集合的無意識ですね」

マクルーハンは意外そうな顔で綾部を見た。まるで、綾部が初めて口をきいたとでも言いたげだ。

「そう。集合的無意識がそうした理論の出発点となった。心理学には詳しいのかね？」

「いえ。大学の教養課程で習ったのを覚えていたんです」

「けっこう。少しは話が通じそうだ。集合的無意識というのは、個人の無意識の中に部族的な太古《たいこ》の記憶が含まれているというものだ。今では、その理論は拡大されて、すべての人類が無意識でつながっている可能性を示している。その証拠として、我々は奇妙な現象を知っている。ある猿の集団の中で一匹が食べ物を洗ってから食べるようになる。すると、その行動は集団内の他の猿にも伝わっていくが、地理的にはるか離れた土地の集団にも同時にそういう行動が見られるようになる。まったく接触することなしにだ」

「その話は聞いたことがあります」

「多くの動物の行動に同様の事実が見られる。これを説明するには、無意識がつながっていると考えるしかない。それは、人間にもあてはまると私は思う」

綾部は、レポートの内容を思い出して嫌な気分になった。これまでのマクルーハンの話は前置きでしかない。

「そのグループPの子供たちが、大爆発の夢を見ている。レポートにはそうありましたね。そして、ひどく怯えているとか……」

マクルーハンの表情がさらに真剣で厳しいものになった。

「そう。これまで、スペースシャトルの爆破や、山火事などの夢を見たのは、グループP全員とは限らなかった。何人かはそんな夢のことは話さなかった。つまり全員が予見したわけではない。しかし……」

マクルーハンは強調するように、間《ま》をとった。「大爆発の夢に関しては全員が見ている」

綾部は苦笑して見せようと思った。しかし、できなかった。マクルーハンがあまりに真剣な顔つきだったせいもあるが、綾部自身がグループPについてある種の思いを抱いたせいだった。それは不安感と言ってもよかった。

「それは何を意味しているのですか?」

「私にもわからない。しかし、未曾有《みぞう》の大爆発と考えられる。グループPの大多数は、世界が滅亡するのではないかと本気で考えている」

「米軍はそのことについて、研究予算をつけたのですね?」

「そう」

「つまりは、軍が恐れる何かとその夢が一致する可能性があるということですか?」

マクルーハンは、もう一度先程と同じような顔で綾部を見つめた。つまり、綾部ものを考えられるということに初めて気づいたような顔だ。

マクルーハンはうなずいた。

「インドとパキスタンが世界の反対の声を押し切って核実験を断行したこと。そして、北朝鮮がテポドンを撃ったこと。それらが、もしかしたら無関係ではないと考えている人々がいる」

「遠回しな言い方ですね。つまりは、核戦争の危険があるということですか?」

「そう思いたくはないが、それを完全に否定することはできない」

綾部は何とか反証を見つけようとした。このような話はばかげている。それが彼の常識だ。しかし、その一方で認めざるを得ないと感じていた。ひたひたと絶望感が押し寄せてくる。

「グループPは予知夢《プロフェティック・ドリーム》を見るということですね?」

「予知夢？　そうだね。そう言っていい」

「ならば、その大爆発は必ず起きるということですね？」

「そこだよ」

マクルーハンはわずかに身を乗りだした。「私の研究はまさにその点を明らかにしようとしているのだ。つまり、彼らの予知夢は必ず当たるのか」

「これまでは当たったのでしょう？」

「私は潜在意識や無意識を専門にしていると言っただろう。人間の無意識を研究していると、予言というものについて一般とはちょっと違った考え方をするようになる」

「ちょっと違った考え方……？」

「例えば、聖書の預言だ。キリスト教圏の人々はたいてい預言者たちの預言を知っている。それは記憶の中だけでなく無意識にも納められることになる。そして、それを世界の人類と共有することになる。特にキリスト教を信じている、あるいはキリスト教の教育を受けた者と強く共有する。そうするとどうなるか……。無意識が個々人の意識に働きかけ、知らぬうちに預言を現実化するような行動を取ってしまうこともあり得るわけだ。これまで聖書の預言はすべて実現したと言われている。旧約聖書の預言が実現した例が新約聖書にも書かれている。それは、人々が無意識のうちに預言を実現化するような行動を取った結果だと考えることもできる。ライプニッツが言った予定調和も、実は神が調和を定めているのではない。調和を定めているのは、私に言わせれば人類の無意識だ」

綾部は気づいた。

マクルーハンはプリンストン大学の教授として来日したわけではない。あくまで、DIAの人間としてやってきたのだ。ならば、それは単なる研究活動ではないはずだ。核戦争などの終末的な事態を避けるための方策を考える。そうした、実務的な立場にあるはずだ。

「アンチ・アーマゲドンというのは、ジョークでも何でもないのですね？」

マクルーハンは小さく肩をすぼめた。

「でなければ、軍が相手にしてくれるはずはないよ」

「しかし、どうやって……」

「それを考えるために、今は調査が必要なのだ」

「どうして日本で調査したいと考えたのですか？」

マクルーハンは無言でしばらく綾部を見つめていた。何かを考えているようだ。

「この件に関して、人を集められるのかね？」

「はい。必要ならば、そうしろと上官に言われています」

「早急にプロジェクト・チームを作る必要がある。そして、そのチームのことは厳しく秘《ひ》匿《とく》してもらいたい。軍の中でもだ」

「軍ではなく、自衛隊です」

「我々から見れば同じだよ。それは可能か？」

「もちろんです。情報局内の扱いにして、厳格な秘匿の処置をとります」

「チームには心理学の専門家が何人か必要だ。手配できるかね?」

「防衛大学の教授か助教授を手配できると思います」

「けっこう。さて、君の質問に対することたえだが……。グループPに属する何人かが、不思議なことを示唆《しさ》している。彼らはあまりの悪夢の恐ろしさに、必死に神に祈ったのだ。そして、ある日また夢を見た。ある人物というか、ある存在というか……、それが導いてくれる夢だったそうだ」

「導く……?」

「彼らはそう言った。それが爆発の後の世のことか、爆発の前のことかはわからない。しかし、その夢を見た子供たちは一様に救われたような至福を感じたそうだ」

「ただそれだけですか? 子供たちが見た夢……?」

「グループPが見る夢についての重要性はすでに理解してもらったと思っていたがな」

「しかし……」

「グループPに属する子供たちは互いに会ったこともない。話をするチャンスなどまったくない。彼らは自分と同じような夢を見ている者がいることなど知らないのだ。にもかかわらず、この救い主の描写は驚くほど共通していた。それは、日本のシャーマニズム的な女性神官の姿に似ていた」

「シャーマニズム的な女性神官?」

「神社にいる若い神官だ。白い服に赤い袴《はかま》をはいている」

「それは神官ではなく、巫女《みこ》というのです」

「そうかね？　黒い長い髪に白い着物。光を背にした若い女性……。グループPと私が名付けた子供たちの総勢は十二人。そのうちの三人がまったく同じことを述べている」

「待ってください。十二人中、たった三人ですか？」

「この確率は偶然を否定できる」

「しかも、黒い長い髪に白い着物ですって？　それが日本的だというのは納得できませんね」

「『チアキ』というのがどういう意味かわかるかね？」

「チアキ……？　それは日本の女性の名前のように聞こえますが……」

「救い主の夢を見た三人のうち、二人が、その救い主のことをチアキと呼んでいた。もちろん、彼らはその言葉の意味など知らない。夢の中でその言葉を聞き、それを覚えていたのだ。先程も言ったが、この二人は互いのことを知らない。会ったことも電話その他で話したこともない」

「グループPにはテレパシーの能力を持つ子もいると言いましたね。テレパシーで交信しているのではないですか？」

「互いの存在を知らないのに、情報のやり取りはできない。しかも、この二人はどちらかといえば、テレパシーではなく透視能力の持ち主だ。黒い長い髪に白い着物で、チアキという名を持つ女性。これは日本人だと考えるのが自然なのではないかと私は思う」

「しかし……」

綾部は納得できない。「しかし、あまりに根拠が希薄な気がします」

「わかっている」

マクルーハンは急に疲れたような表情になった。「一般的にいえば、ばかばかしい話かもしれない。だからこそ、私は調査に来たんだ。日本でも同じような予知夢を見る子供たちがいたら、もっとはっきりしたことがわかるかもしれない。そして、もしかしたら、チアキという女性を発見できるかもしれない」

「あまりに漠然とした話です」

「そう。漠然としている。しかし、私は藁《わら》にもすがりたい気持ちだ」

「藁にもすがりたい？　それはアーマゲドンを回避するためにですか？」

「私が回避する必要はない。そういうことは軍や政治家がやる。専門家は実務的な情報収集と分析をしている。その専門家に問題の核心を示唆《しさ》するだけの情報を見つけねばならないのだ。それが私の役割だ」

少しだけ現実的な気分になれた。軍や政府の専門家は人工衛星をはじめとする最新の科学技術と最先端の手法で日夜世界中を監視している。

マクルーハンはそうした情報収集の一端を担《にな》っているに過ぎないということなのだ。

「わかりました」

綾部は言った。「あなたの役割であるというのなら、それは私の役割だということです」

すると、マクルーハンは初めてかすかな笑顔を見せた。

8

木枯らしが吹きはじめる季節になり、目黒区東山のあたりにも冬の装いが見られるようになった。オープンカフェのように店先を開け放っていた山手通り沿いのハンバーガーショップもガラス戸を閉ざした。

町を行く人々は黒っぽいコートを着るようになっている。

空は晴れ渡っている。関東の冬独特の青空だ。だが、飯島の気分は晴れなかった。彼は憂鬱《ゆううつ》な顔つきで山手通りを渡った。

中根から呼び出しがあった。何の話かはわかりきっている。

ホテルのロビーのように取り澄ました社長室に行くと、中根が困り果てたような顔で笑いかけてきた。

「寒くなったな。タレントが風邪《かぜ》をひかんか心配だよ」

「世間話をするために呼び出したわけじゃないんだろう?」

中根は、さらに哀れみを感じさせるような顔つきになった。

「例の件の進み具合はどうかと思ってね」

「進展があったらすぐに知らせるさ」

「だが、もう三ヵ月になる」

「何ヵ月かかろうと、見つからないものは見つからない」

「目をつけている素材もないのか？」

「まだない」

中根はため息をついた。

「過去の話を蒸し返したくはないがな……。あのオーディションのとき、それなりの素材はいたと思うんだが……」

飯島は、無力感にさいなまれていた。やはり、今となってはアイドルを手がけるなど無理なのではないかと弱気になっていた。

年齢のせいばかりではない。現場から離れていたせいで、勘《かん》が鈍っているのではないかという危惧《きぐ》があった。

「それなりの素材じゃだめなんだ」

「言いたいことはわかる。しかし、ある程度の素材を見つければ、あとは売り方だ。ナカネ企画には売れっ子も何人かいるから、バーターもできるし、媒体《ばいたい》にそれなりの無理もきく」

バーターというのは、テレビ局などに売れっ子のスケジュールを切る代わりに、新人が出演する枠をもらうことを言う。

「いくら料理の仕方がよくても、素材が悪ければどうしようもない。生き残ることはできないんだ。一発屋でいいというのならやれなくもない。だが、それはデビューする子にとっても俺《おれ》たち原盤制作にとってもプロダクションにとっても不幸な結果になる」

「私もおまえに任せたからには、口出しはひかえるつもりだった。しかし、もう三ヵ月だ。何らかの結果がほしいんだ」

飯島は、この仕事を放《ほう》り出してしまおうかと思った。いい機会だ。ここで白旗を上げてしまえば、これ以上の苦労をしなくてすむ。

だが、飯島の口から出たのはまったく別の言葉だった。

「おまえはすべて俺に任せると言ったはずだ。俺のやり方でやる。これまで何ヵ月かかったかなんてことは問題じゃない。要するにただ一人の素材を見つければいいんだ」

中根の表情が引き締まった。

「あと一ヵ月だ」

いかにも人のよさそうな中根の顔ではなかった。彼には明らかに二面性がある。誰にでも好かれる一面と、非情なビジネスマンの一面。飯島はそのことをよく知っていた。ただ人がいいだけでは、生き馬の眼《め》を抜くこの業界で成功などできない。

「保証はできないな……」

「一ヵ月で何とかしないと、この話は終わりだ。別のやり方を考える」

「俺の仕事を取り上げるという意味か？」

「そういうことになるかもしれない。私が欲しいのは結果なんだ」

「俺は勝手にやる。おまえの念書もあるんだ」

「何を意地になっているんだ。ひとつのプロジェクトがうまくいかなかったら、別の方策を考える。これは経営者としての当然の判断だ。おまえにだってそれくらいはわかるだろう」

「ただの仕事じゃない。俺はこれに賭《か》けているんだ」

「おい、最初は渋っていたじゃないか。力を入れてくれるのはありがたいが、そんなに入れ込むことはないんだ」

「俺自身の問題なんだ。俺はもう現場を引退して若いディレクターを育てればいい立場なのかもしれない。みんなそう考えている。おまえもそうだろうし、俺もそうだった。だが、違うんだ。この世界で生きていくっていうのはそういうことじゃないんだ。一生、現役でなければならないんだ。企画力や素材を見抜く眼がなくなったら、それでおしまいだ。おまえは結果が欲しいと言った。俺も同じなんだ」

　これは本音だった。

　たしかに中根に口説《くど》かれて始めた仕事だ。しかし、今では飯島にとって重要な意味を持っていた。

「言いたいことはわかる。しかしな……」

「いいだろう。一ヵ月だな」

飯島は中根を遮《さえぎ》るように言った。「俺のやり方で一カ月以内に結果を出す。もし、それができないときは、俺を首にしてくれていい」

「首だって？　私にそんなことができるわけがないじゃないか」

「できるさ。ミューズ・レーベルの株はナカネ企画が押さえている」

中根はかぶりを振った。

「何もそこまで自分を追い込まなくても……。私が言いたいのは、もっと柔軟に対応してくれということだ」

「この仕事に失敗したら、俺は会社を辞《や》める」

「ばかを言うな。おまえは代表取締役だぞ。それは無責任だ」

「この業界はそんな甘い世界じゃないと言っただろう。俺は本気なんだ」

中根はじっと飯島を見据《みす》えていた。飯島は中根を見なかった。どんな顔をしているかは見なくても想像がついた。わからず屋の子供を相手にしているような顔をしているのだ。

中根に言われた当初は、若い曽我を鍛えるのにちょうどいい仕事だ、くらいにしか考えていなかった。曽我の若さに期待した部分もあった。だが、今は違っていた。飯島はこの仕事を誰にも渡したくはなかった。自分でもその変化は意外だった。

意識はしていなかったが、消えゆく老兵の淋《さび》しさを感じていたのかもしれない。それが、現場に戻ることで顕在化《けんざいか》したのだ。

飯島は勝負をしたかった。自分自身の存在を賭けた勝負だ。

「まあ、言いだしたのは私だ」

中根が言った。「そこまで言うのなら、おまえに任せるよ」

飯島はちらりと中根の顔を見ると社長室を出た。意地になっている自分が滑稽《こっけい》ですらあった。

しかし、やらなければならない。飯島は、何とか気分を奮い立たせようと自分を励ましながら社に戻った。

社長室のブースに行こうとオフィスを横切ったとき、曽我が何か言いたそうに自分のほうを見ているのに気づいた。

「どうした？」

報告すべきことがあるなら、そちらから声を掛ければいいんだ。そんなことを思いながら、飯島は曽我に話しかけた。「何かあったのか？」

「社長、クマリに興味があると言っていましたね」

「ああ。それがどうした？」

「……ということは、当然、元クマリにも興味がありますよね」

「何が言いたいんだ」

要点をしゃべろうとしない曽我に苛立った。

「元クマリが日本にいるとしたら、会いに行きたいと思いますか？」

「どういうことだ？」

「いるんですよ。一人、元クマリが」

「日本にか？」

「ええ。外交官の娘で、父親が日本に赴任してきて、三年前からこちらに住んでいるというのです」

飯島は驚いた。

「社長室へ来てくれ。詳しく話を聞きたい」

曽我はファイルを抱えて社長室ブースへ駆けてきた。

「元クマリというのは本当なのか？」

椅子《いす》に腰を下ろすと、飯島はさっそく尋ねた。

「はい。学生時代の友人で、新聞記者をやっているのがいて……」

曽我が毎日いろいろなところに電話をしているのは知っていた。その情報源の一人なのだろう。

曽我の話によると、その元クマリの年齢は十七歳。たしかに五歳から十歳までの五年間、クマリをつとめていたという。現在は日本の高校に留学しており、日本語も不自由なくしゃべれるらしい。

曽我の友人が、一度取材をしたことがあるという。両親は記事にすることを渋ったが、その記者はネパールの文化を紹介したいなどと、外交官の心をくすぐるようなことを言って取材にこぎつけたのだ。

そんな記事を見た覚えはなかった。飯島はすべての新聞に眼を通しているわけではないし、おそらく小さな記事だったのだろう。もし見ていたのなら忘れるはずはない。

「どこに住んでいる?」

「世田谷《せたがや》区深沢三丁目です。ネパール大使館が等々力《とどろき》にあるんで、その近くです」

「名前は?」

「チアキ・シェス」

「チアキ……? 日本人のような名前だな」

「なんでも、彼女のおばあさんが日本の生まれだそうで、そのおばあさんから名前をもらったそうです」

「……ということは、クオーターか?」

「そういうことになりますね。クマリって、日本人の血が混じっていてもなれるんですね」

「彼女のおばあさんはネパールの人と結婚してネパール人になったんだ。日本人じゃない。ネパールはいろいろな民族から成り立っている国だ。中国系もいる。そういうことは気にしないのかもしれん」

「どうします? 会いに行ってみます?」

飯島は強く興味を引かれた。学生時代から興味を持っていたクマリ。それを体験した少女が日本にいるという。

「行こう。早い方がいい。アポイントを取ってくれ」

曽我が電話を掛けると、母親らしい人が出た。日本語がたどたどしい。曽我はできるだけ丁寧な言葉で、身分を告げ、娘さんに会わせていただけないだろうかと頼んだ。

母親はひどく怪しんでいるようだった。無理もない、と曽我は思った。突然こんな電話が掛かってきたら、誰だって怪しく思う。しかも、彼女らは異邦人だ。どうしたって日本人を警戒してしまうだろう。

「そういうことは主人に訊《き》かなければわかりません」

チアキの母親は言った。

曽我は押しが強い方ではない。だが、ここで引き下がるわけにはいかなかった。社長がこの件に関してやる気なのはわかっている。アポが取れないなどということになったら、何を言われるかわかったものではない。

「ぜひ御主人と相談なさってください。御主人は何時頃お帰りですか?」

「夕方の……、そうですね、六時か七時には……」

「その頃にまた電話します」

「いいえ、電話、困ります。娘は会いません。主人はきっとそう言います」

「とにかく、相談なさってください。御主人とそして娘さんとも」

「あの……、主人はきっと断ります」

「とにかく、また電話します」

飯島に、七時過ぎにもう一度電話をすることを告げ、デスクに戻ると、曽我はチアキという名前のネパール人がアイドルとして成功するかどうかの冷静な検討を始めた。

海外から来たアイドルが成功する例がないわけではない。香港《ホンコン》や台湾のアイドルが日本で人気を得たことはたしかにある。演歌の世界では韓国《かんこく》出身の歌手が成功する例もある。しかし、それらはいずれもそれぞれの故国で実績がある芸能人たちだった。

海外の少女がアイドルとして日本でデビューをして成功した例は少ない。少なくとも、曽我の記憶にはなかった。

さまざまなハンディーがある。故国によいイメージがある場合はそれなりの売り方ができる。例えば、カリブ海などの地域の出身者ならば、そういうイメージを強く打ち出すことで成功するかもしれない。

事実、キューバあたりの出身のバンドは一部でかなりの人気を得ている。

だが、ネパールに関して明確なイメージを持っている日本人がどれだけいるだろう。ヒマラヤ山脈の中にある国。せいぜいがそれくらいの印象しかないだろう。

街角で十代の若者にインタビューしたら、正確な場所をこたえられる人のほうが少ないのではないだろうか。

飯島はクマリに憧《あこが》れていたという。だが、クマリを知っている人は、さらに少数派だろう。

曽我の分析結果は否定的だった。チアキという日本人のような名前も、かえってマイナスとなるだろう。いかにもネパール人らしい芸名をつけるべきだと思った。

飯島は興味を持っているかもしれないが、曽我はあまり興味を持てなかった。クマリに対して思い入れがないのだから、仕方がない。

とにかく、アポイントだけは取らなくてはならなかった。それが仕事だ。あとは飯島に任せればいい。曽我はそう割り切ることにした。

七時過ぎに電話すると、今度は男の声がした。父親のジムナール・シェスだった。ネパール大使館に勤める外交官だ。

相手が外交官ということで、曽我は緊張してしまった。エリート中のエリートに違いなかった。おそらく気難しい人物に違いないと思った。友人の新聞記者が取材するのに苦労したという話を思い出した。

「先程お電話した、ミューズ・レーベルの曽我と申します。実は、お嬢さんのことでぜひともお話がありまして……」

「ミューズ・レーベルというのは何ですか？」

「レコーディングの会社です。CDの録音をするのです」

「娘のことだとおっしゃいましたね？」

「そうです」

「娘のレコードを出すということですか？」

「それは、娘さんにお会いしてからの話になると思います」

曽我は慎重だった。飯島は興味を持っているかもしれないが、曽我はあくまでもデビューに関しては疑問に思っていた。

「娘はまだ十七歳です」

やはり、簡単には事は進まないか……。

曽我は思った。

何で僕がこんな苦労をしなければならないのだろう。会いたいのなら、社長がアポイントを取ればいいんだ。

説得の言葉を探していると、ジムナール・シェスの声が聞こえてきた。

「しかし、まあ、私の国では十七歳で仕事に就《つ》く子供は少なくない。娘にはいろいろな選《せん》択肢《たくし》を与えてやりたい」

「会わせていただけるのですか？」

「話を聞くだけなら……」

拍子抜けする気分だった。これほど事がうまく運ぶとは思っていなかった。ジムナール・シェスは、想像したほど気難しい人物ではなさそうだった。

「ありがとうございます。これからうかがいたいのですが、いかがでしょう？」

「かまいませんよ」

曽我は電話を切ると飯島のところに飛んで行った。

「アポが取れました。これから会ってくれるそうです」

「食事時じゃないのか？」

「先方はかまわないと言っていました」

「よし、でかけるか……。俺の車で行こう」

深沢三丁目は閑静な住宅街だ。駒沢《こまざわ》通りと環八を結ぶ通称駒八通りから脇《わき》の路地《ろじ》に入ると、道が細く駐車できそうな場所が見つからなかった。結局、比較的広い通りに路上駐車して、徒歩でシェス家を探すことにした。

曽我は片手に一万分の一の都内地図を持ち、住所を頼りに歩き回った。シェス家は、駒沢公園のすぐ近くにあるマンションの一室だった。

部屋のチャイムを鳴らすと、まず母親が出てきた。年齢は四十代の半ばか。少々太り気味だが、たいへんな美人だった。不審げな顔で曽我と飯島を迎える。曽我は精一杯の愛想《あいそ》笑《わら》いで言った。

「お邪魔して申し訳ありません。電話したミューズ・レーベルの者です」

すぐにジムナール・シェスが出てきた。こちらも四十代半ば。痩身《そうしん》の紳士だ。彫《ほ》りが深くハンサムだったが、それ以上に印象的なのは知的な眼差《まなざ》しだった。高度な教育を受けたエリートであることが一目でわかる。

ジムナールは薄茶色のコーデュロイのズボンに、モスグリーンのカーディガンを身に着けている。それがよく似合っていた。

リビングルームに通された曽我と飯島は、名刺を取り出した。ジムナールは名刺を出さなかった。

ここまで来れば自分の役割は終わりだと、曽我は思った。あとは、飯島に任せればいい。

ジムナールの妻が茶を持ってきた。ミルクがたっぷりと入った甘い茶だ。それを一口すると、飯島は言った。

「なつかしい味です。私は、学生のときにネパールを旅しました」

ジムナールは警戒を解いた様子はない。それでも、飯島のこの言葉に反応した。

「そうですか。それはいつ頃の話でしょう?」

「三十年も前の話です」

「それでは、私はまだ十六歳だった」

「クマリ祭に合わせて旅行したのです。あの祭りは一生忘れられない思い出になりました」

「クマリをごらんになったのですか?」

「はい。以来、クマリは私の憧れの存在となりました」

ジムナールは表情を緩《ゆる》めぬままうなずいた。

「クマリは神です。われわれネパール人の心の支えでもあります」

「私にとっても心の支えでした」

「日本人であるあなたにとっても……？」

「そうです。つまり、仕事においてということですが。私はこれまで、多くの少女を芸能界にデビューさせて成功をおさめてきました。芸能界に憧れている少女はたくさんいます。そして、年に何人もの歌手やタレントがデビューします。成功するのはそのほんの一握《ひとにぎ》りです。私はその責任を負う立場でした」

「その成功がクマリと関係あるのですか？」

「私は学生のときに見たクマリのイメージを追い求めていたのです。少女をデビューさせるときに、大切なのは選択することです」

「選択ですか？」

「そう。選択です。芸能界では頻繁にオーディションやコンテストが開かれます。つまり、常に選択が行われているのです。私は、判断の基準として、クマリから得たイメージを利用していたのです」

初対面の相手に、そこまであからさまに話す必要があるのだろうか。

飯島の話を聞きながら、曽我はそう考えていた。

「娘がクマリだったことをご存じなのですね？」

「はい」

飯島はうなずいた。「私が憧れてやまなかったクマリです。ぜひ一度お目にかかりたいと思ってやってきました」

ジムナールは小さくため息をついた。

「あのときも、こうでしたよ」

「あのとき……？」

「寺院から僧侶《そうりょ》たちがやってきたのです。あなたの娘がクマリの候補となった。すぐに寺院に来る用意をしてくれ。突然、そう言われたのです。もちろん、クマリに選ばれるというのはたいへんな誇りです。しかし、親としては複雑な気分です。クマリに選ばれたら、娘に会うことはできなくなります。親の私たちでさえ、年に一度、クマリ祭のときにしか会えないのです。それも、民衆に混じって姿を拝むだけです。もちろん、話をすることはできません。クマリはクマリ館に入り、その世話を専門にしている者に育てられます。私たちは、娘の五歳から十歳までのことをまったく知りません。その間、娘は神だったのです」

飯島は冷静にうなずきながら話を聞いている。

曽我はそのときの両親の気持ちを想像していた。突然、子供を取り上げられたのだ。娘が神として選ばれた誇りと喜び。それよりも淋《さび》しさのほうが勝ったのではないだろうか……。

「僧侶たちは突然やってくるのです。なかなか心の整理はつきません。そして、同様にあなたたちは突然やってきた。だが、違うことが一つあります。クマリになるのは断れないが、あなたたちの誘いは断ることができる」

待ってくれ、僕たちはまだ娘さんをデビューさせたいと言ったわけじゃない。会ってみたいと言っただけだ。

曽我はそう思い、飯島を見た。飯島は落ち着いた態度で言った。

「もちろんおっしゃるとおりです。私たちは無理強いするつもりはありません。あくまでも、話し合いの結果を大切にします。そして、娘さんの意志を尊重します」

これは常套《じょうとう》的な言い方だ。娘の意志を尊重すると言えば聞こえはいいが、娘の憧れを盾《たて》に取るという意味だ。親に対する説得材料に利用するわけだ。

さすがに社長はしたたかだ……。

「いいでしょう。約束です。娘を紹介しましょう」

ジムナールは妻に何事か言った。妻はすぐに姿を消し、娘を連れて戻ってきた。

「チアキです」

ジムナールが言った。

曽我は彼女を見て、その瞬間に衝撃を受けた。それはたしかに衝撃だった。言葉を忘れた。時間が止まってしまい、何が起きているのかわからなくなる。

リビングルームの戸口に立ったチアキ・シェスの姿は、文字通り光っているように感じられた。ジーパンに白いセーターというくつろいだ恰好《かっこう》をしている。服装はどこにでもいる日本の高校生と変わらない。だが、何もかもが普通の女の子とは違っていると、曽我は感じた。

小麦色の肌をしている。彫りが深いがどこかアジア人の特徴も見て取れる。絶妙な血のブレンドだ。大きくよく光る眼。長い髪は特にカットされたり、脱色をされたりしていない。自然なまま伸びたという感じだが、その漆黒《しっこく》の髪に光が滑《すべ》り、それが端整な顔とマッチしてどんなヘアデザイナーのカットより美しく感じられた。

ジーパンに包まれた脚《あし》はすらりと伸び、腰は豊かだが、ウエストは細い。そうした体型は、ミスコンやレースクイーンのオーディションで見慣れているはずだが、まったく別のものに思えた。

飯島が椅子から立ち上がっていた。それに気づいた曽我もあわてて立ち上がった。

「ミューズ・レーベルの飯島といいます。こちらは曽我」

曽我は頭を下げた。顔を上げたとき、チアキと目が合い、その瞬間、どうしていいかわからなくなった。

チアキ・シェスはまっすぐに曽我の眼を見ている。まったく悪びれた様子がない。その瞳の奥の深い光に思わず吸い込まれそうな気がした。それは無垢《むく》な瞳《ひとみ》だった。

彼女の表情は飯島と曽我を見てもまったく変わらない。それが不思議な印象を与える。

飯島がソファに再び腰を下ろした。曽我もそれに倣《なら》う。

チアキ・シェスは、ジムナールの隣に腰を下ろし、曽我と真正面から向かい合う形になった。

「私はクマリに憧れていました」

飯島が言った。「そのクマリを体験なさったあなたに、こうしてお会いできて心からうれしく思います」

チアキ・シェスはかすかにうなずいた。無言、そしてあくまでも無表情。まるで、下々の者を謁見《えっけん》する王女のようだと曽我は思った。

「今はどのような生活を送られているのですか?」

「高校に通っています」

チアキ・シェスが初めて口を開いた。「クラブ活動では、合唱部にいます。私は歌が好きです」

少しばかり発音にたどたどしさはあるものの、きわめて流暢《りゅうちょう》な日本語だった。

「日本の生活は何かと不自由でしょう?」

「漢字が読めなくて苦労しましたが、今ではだいぶ慣れました。父が日本語を教えてくれます」

ジムナールがほほえんだ。

「若い者にはかないません。今では、娘のほうがずっと日本語がうまい」

チアキ・シェスは父親が発言する間も、ずっと飯島のほうを見つめていた。

「友達がたくさんできました。友達が勉強を助けてくれます。特に不自由を感じたことはありません」

それを補うように、またジムナールが言った。

「クマリが人間の社会に戻るのはたいへんなことなのです。ネパール人が日本で暮らすことの比ではありません。何しろ、神から人間に戻るのですからね」

「聞いたことがあります」

飯島がジムナールを見てうなずいた。「クマリの役が終わり、社会に戻った少女は、馴《な》染《じ》むのに何年もかかるのだそうですね」

「そのとおりです。ネパールにいようが、日本にいようがチアキにとっては同じことです。かえって、外国に来たことがよかったと思っています。ゼロからスタートできますからね。ネパールにいると、そうはいかない」

「わかるような気がします」

飯島はチアキ・シェスに視線を戻した。「将来は何になりたいと考えていますか？」

チアキ・シェスがこたえた。

「まだわかりません。私には、まだまだ考える時間が必要です。他の人たちが経験し、考えることに、五年間まったく触れることがなかったのです。これから、その五年間を取り戻していかなければなりません」

「五年間を取り戻す？」

「そうです。私にはそれが必要です」

「エンターテインメントには興味はありませんか？」

「あります」

チアキ・シェスのこたえにはまったく躊躇《ちゅうちょ》というものがない。それがクマリの頃に学んだことなのか、それとも、そういう少女だからクマリに選ばれたのか、曽我にはわからなかった。

「歌が好きだといいましたね？　私に歌を聴《き》かせてもらえませんか？」

少女はかぶりを振った。

「まだ、人に聴かせるほどうまくはありません」

「でも、合唱部で歌っているのでしょう？」

「みんなで歌うのと、一人で歌うのは違います。私はまだ、何もかも始めたばかりなのです」

「何もかも始めたばかり、ですか……」

飯島は考え込んだ。

これが十七歳の少女の受け答えだろうか。曽我はすっかり舌を巻いてしまった。

チアキ・シェスの反応を見ているうちに、曽我は、飯島がいつか言った神秘というものを完全に理解した。今、目の前にいる少女が神秘そのものだった。

大人二人を前に、顔色一つ変えずに戸惑いもなく受け答えしている。その瞳は黒曜石《こくようせき》のように濡《ぬ》れた光をたたえている。驚くほど睫毛《まつげ》が長い。

「始めたばかりでもいい。私はその道のプロなので、あなたが素質があるかどうか見てあげることができます」

「必要ありません。私はみんなで歌うことが好きなだけです。その道に進もうとは思っていません」

「エンターテインメントに興味があると言いませんでしたか？」

「映画を見たり、ＣＤを聞いたりするのは好きです」

身を乗りだすようにして質問をしていた飯島が、ゆっくりと体を引いた。無言で何か考えている。沈黙の間《ま》があった。曽我は、何とかその沈黙を破ろうとして言った。

「いろいろな経験をしなければならない。そう考えているのでしょう？」

チアキ・シェスは曽我を見た。無造作に視線を移しただけだが、曽我には世界が動いたように感じられた。漆黒の瞳が曽我を見つめ、どぎまぎしてしまった。

「そう考えています」

「ならば、歌を歌ってみるのも経験になりますよ。一度、会社に来てみませんか？　スタジオを見学するつもりで……」

「新しいことをたくさん覚える前に、私には整理しなければならないことがあります」

「整理しなければならないこと？　それは何です？」

チアキ・シェスはあくまでも無表情にこたえた。

「神の世界と人間の生活の関係について私自身の気持ちを整理しなければなりません」

「それはどういう意味です？」

「言ったとおりの意味です」

また、ジムナールが助け舟を出す。

「娘は五歳から十歳までの間、神の世界を見ていたのです。クマリというのは、神なのです。そして、十歳から今日までは人間として生きることを考えなければならなかった。その整理がまだついていないということです」

チアキ・シェスはジムナールのほうを見た。ネパール語で何事か言った。ジムナールは曖昧《あいまい》な表情で肩をすぼめて見せた。

曽我は尋ねた。

「彼女は何と言ったのです？」

ジムナールは苦笑してこたえた。

「私は正確に理解していない。彼女はそう言っている。当然でしょう。私には神になった経験がない。正確に理解しろと言われても無理ですよ」

唐突に、飯島が口を開いた。

「もしかしたら、夕食がまだなのではないですか？　大切な時間にお邪魔してたいへん失礼しました。これ以上長居をするわけにはいきません」

飯島はチアキ・シェスのほうを見た。「今度ぜひ歌を聴かせてほしい。気が変わったらいつでも連絡をください」

曽我は驚いた。まるで、飯島はあきらめたような口調だった。

何か言おうとしたが、チアキ・シェス本人の前で揉《も》めるわけにもいかない。迷っているうちに、飯島は立ち上がった。曽我はそれに従うしかなかった。

ジムナールは飯島と曽我を送り出すために立ち上がったが、チアキ・シェスは座ったままだった。飯島と曽我が部屋を出ようとすると、チアキの声が聞こえてきた。

「飯島さん」

飯島が振り返った。

「あなたが探しているのは、私ではありません」

曽我は、彼女が何を言っているのかわからず、飯島の反応をうかがった。

飯島は一瞬その場に立ち尽くし、チアキの顔を見つめていた。

9

「あんな美少女は見たことがありませんよ」

飯島は、帰りの車の中で、曽我が興奮気味にしゃべるのを無言で聞いていた。「社長が言ったことの意味がわかりました。たしかにオーディションにやってくる少女たちに感じないものを、彼女には感じました」

相槌《あいづち》くらいは打ってやらないと、と思いながらも、飯島は黙ってハンドルを握っていた。

頭の中で何かが渦巻いているような気がした。いや、頭の中というより、心の奥底で何かを訴えようとしているものがあった。それが何かわからない。

「社長が言っていたことが、僕にも起きたのです。つまり、閃《ひらめ》きですよ。一目惚《ひとめぼ》れです」

「そうか……」

飯島はようやく口を開いたが、言ったのはそれだけだった。曽我の気持ちはわかる。たしかに、チアキ・シェスは魅力的だった。

しかし……。

「彼女なら素材として申し分ないと、僕は思います。彼女に会うまでは、実を言うと疑問だったのです。外国人の少女がアイドルとして成功する例はきわめて少ない。特に最近の傾向としては親近感が必要です。親近感を与えないアイドルは成功しない。でも、あのチアキ・シェスならばそんな問題をクリアできると思います。親近感より神秘が勝つ。社長もそう言っていましたよね。僕も初めてそのことを実感しました」

曽我が言っていることは、ある意味で正しい。しかし、飯島の心は冷えたままだった。たしかに、チアキ・シェスは魅力的だ。だが、美しいだけの少女は芸能界には掃《は》いて捨てるほどいる。

アイドルを売り込むには事務所の力が不可欠だが、ナカネ企画ならその力は充分にある。やってやれないことはないかもしれない。問題は仕掛けなのだ。

そこまで考えても、飯島は一歩踏み出す気になれなかった。

年をとって臆病《おくびょう》になっているのだろうか？

若い頃の俺《おれ》なら、このまま突っ走っているのではないだろうか？　曽我と俺の差はその情熱の部分なのかもしれない。

曽我には閃きを期待していた。その閃きを感じたという。ならば、それに賭《か》けてみるのも手かもしれない……。

迷いを抱いたまま会社に着いた。すでに夜の九時を過ぎている。曽我は依然として興奮状態のようだ。彼は獲物《えもの》を見つけた。

だが、飯島はそんな気分になれなかった。憧《あこが》れのクマリに会えたというのに……。元クマリであるという点が問題なのだろうか？

クマリを見たのは学生時代だ。そして、それは生身《なまみ》の人間でありながら神だった。その印象を俺自身が勝手に増幅させてしまったのかもしれない。

実物の元クマリというのは、やはり人間でしかない。つまり、こちらの期待が大き過ぎて幻滅してしまったということなのだろうか？

いや、そうじゃない。

たしかに飯島もチアキ・シェスを見た瞬間はこれはいけると思った。閃きというほどではないが、これまでのオーディションなどでは感じたことのない魅力を感じたことも確かだった。だからこそ、デモテープを録《と》ってみようという気になったのだ。

問題は、幻滅とかそういうことではなかった。

曽我を社長室ブースに呼んで話をしてみることにした。曽我はすっかりやる気になっている。これは悪いことではない。これまで言われたことをやるので精一杯だった彼が、自分から何かをやろうとしているのだ。

「おまえは、本当にチアキ・シェスがいけると思っているんだな？」

「はい。そう思います」

「どういう企画で行く？」

「それはまだ考えていませんが、素材としては申し分ないと思います」

「俺はたしかに一目惚れが必要だと言った。だが、それだけじゃだめだ。それは第一歩に過ぎない。今度はその惚れた気持ちを一般大衆にアピールしなければならない。おまえの恋人にするわけじゃないんだ」

「わかっています。でも、その第一歩を踏み出したということでしょう？」

飯島は、曖昧《あいまい》にうなずいた。

「まあ、そうだが……」

「社長は感じなかったのですか？　彼女の魅力は、社長の理想にぴったりじゃないですか。何が問題なんですか？」

「それがわかれば苦労しない」

曽我はあからさまに不満そうな顔をした。腹を立てているに違いない。アイドル探しはまず惚れなければだめだなどと説教をしておき、その閃きがあったという曽我にまた難癖《なんくせ》をつけているのだから、怒るのも無理はない。

「社長は反対なのですか？」

「いや、反対というわけじゃない。だが、おまえが言った、外国人であるという点が少々気になる」

「彼女ならそういうことを乗り越えられます。既成のアイドルにとらわれることはありませんよ。新しいタイプのアイドルを作ると思えばいいんです。今の世の中、バラドルだ、ヌードルだ、フードルだと、いろいろなパターンのアイドルが登場しています」

ヌードルというのは、ヌードグラビアで活躍する人気者、フードルというのは風俗業界のアイドルだ。

「ヌードルやフードルというのは、マイナー・アイテムなんだ」

「メジャーとマイナーの垣根なんてどんどんなくなっていますよ。そんなことにこだわっているのは、作り手の側ですよ。この間、アイドルについていろいろ勉強してそのことがよくわかりました」

「それは俺だってわかっている。しかし、その垣根は厳然としてあるんだ。メジャーのアイドルは王道を行かなければならない」

「その王道というのが、もう崩れてきているのですよ。インディーズ・レーベルのバンドが人気者になり、テレビ番組の中で作ったお笑い芸人の即席ユニットがヒットチャートの上位を占める世の中なんです」

曽我は勢いを得て、言うことに説得力があった。広告代理店やテレビ局のプロデューサーを説得するには、こうした勢いが不可欠だ。だが、飯島はまだ二の足を踏んでいた。

「俺はどうにも気になってしかたがない」

「何が気になるんです?」

「別れ際に彼女が言った一言だ。彼女は俺にこう言った。あなたが探しているのは、私ではない……」

曽我は眉《まゆ》をひそめた。

「それって、どういう意味なんですか?」

「俺にわかるわけがない」

「ならば、気にしても仕方がないじゃないですか。それって、おそらくたいした意味はないのですよ。他《ほか》を当たってくれ、くらいの意味なんでしょう」

「そうかもしれんがな……。どうも気になる。それに、彼女はまだ、神の世界と人間の世界の折り合いをつけられずにいるというようなことを言っていた」

「それは当然でしょう。五年間も隔離された生活をしていたのでしょう? 浦島太郎みたいなもんですよ。社会復帰ができていない。そういう意味なんですよ」

「俺は、彼女がまだ神の世界を見ているような気がする。神の世界と人間の世界のギャップに悩んでいるような気がする」

「神の世界?」

「クマリは神だ。五年間は人間の世界ではなく、神の世界に住んでいたんだ」

「形式的なことでしょう?」

「形式的？」

「そう。それは修道院に入るのと同じように俗世から離れていたということだと思いますよ。本当に神様だったわけじゃないんだから……」

「どうして本当に神じゃなかったと言い切れる？」

曽我は怪訝《けげん》そうな顔をした。

「どうしてって……、当たり前じゃないですか。クマリというのはたしかに神聖な風習かもしれませんが、それはあくまでも風習に過ぎませんよ。儀式の一つです。儀式というのは、過去にあった神聖なことをなぞっているだけなのでしょう？　そのときに感じる気分を大切にしているだけですよ」

「彼女が本当に神の世界を見ていたとしたらどうする？」

「そんなこと、ありっこないですよ。もし本当にそうだとしたら、それは精神科医の範疇《はんちゅう》ですね」

「そんなこと、ありっこないか……。そう思うのが普通かもしれないな。だが、前にも言ったが、俺は神仏を信じている。人知《じんち》を超えた超自然の営みというのはたしかにある」

「ツキとか運とかいう話でしたね。でも、そういうのって思い込みじゃないですか？」

「思い込み？」

「自然の営みや出来事は人間には関係なく確率的に起きるんじゃないですか？　それに幸不幸、運不運という意味づけをするのは人間の意識なんですよ。だから、同じ経験をしても、落ち込む人とそうでない人がいる。プラス思考の人は、何でもいいように解釈しようとするでしょう。だから、自分は生まれつき運がいいのだと思う。それを人に言って歩くから、他人もそうだと思う。その違いだと思いますね」

曽我のドライな考え方に、ちょっと驚いた。これは若さとか、世代の問題ではない。曽我の性格の問題だ。彼は論理的な考え方をする男だったのだ。神秘思想や宗教的な話を、理性的に説明しようとする。

飯島ははじめて曽我に興味を覚えた。飯島はむしろ、神秘思想を信じるほうだから曽我とは意見が対立する。だからこそ面白いと感じたのだ。

「なぜ神仏を信じない？」

「僕は見たことがないからです。感じたこともありません。それだけではありません。僕がこれまで知り合った人間の中で神や仏に会ったという人物は一人もいないのです。これは立派な傍証《ぼうしょう》になるでしょう」

「見ているが気づかないのかもしれない」

「認識論ですね」

曽我は、なかなかインテリのようだ。哲学や心理学の知識がある人間ほど、神仏を素直に信じようとしない。それは当然だ。哲学や心理学はあくまでも人間の心を問題にする学問だからだ。

「そうだ。認識論だ。要するに本人が自覚するかしないか、なんだ。それは重要なことだ」

「自覚しなければ見えないようなものは、最初からそこにはないのですよ」

「そこにあっても自覚しなければ見えないというのが認識論の基本だ」

「いや、クマリは、本当に神を見ていたと言いたいのですか？」

「いや、クマリ本人が神なんだ。神の世界にいたというほうが正確だろう」

「それはどんなものなんです？　天国ですか？　羽の生えた天使がいて、花畑があって……。それとも、蓮《はす》の花が咲く極楽浄土ですか？」

「そういうものじゃないだろう。天国とか極楽とかいうのは、あくまでも人間が想像した理想郷に過ぎない。そういうもんじゃないんだ……」

曽我はかぶりを振った。

「社長は、はぐらかそうとしてますね。神秘的な話に持ち込んで、チアキ・シェスの話をなしにしようとしているんです」

「いや、そうじゃない。俺は彼女の言うことが気になるだけだ。彼女は何かを伝えようとしている。だが、俺たちはそれに気づいていない」

「ならば、それが何なのか、本人に尋《たず》ねればいいじゃないですか」

「何をどう尋ねればいいというんだ？」

「知りませんよ。僕は別に気になりませんからね。彼女は戸惑《とまど》っているだけです。突然、スカウトされたのですからね。クマリのときと同じです。また、同じことをしなければいけない。それは彼女にとって苦痛なことかもしれません」

飯島は、はっとした。

たしかにそれもある。飯島が躊躇《ちゅうちょ》している理由の一つが、曽我に指摘されて初めてはっきりした。

そう。チアキ・シェスは、一度スカウトを経験している。突然やってきた僧侶《そうりょ》たちに平穏な人生を奪われた。五年間というもの、両親と過ごすこともできなかったのだ。芸能界というのは、言ってみれば一つの聖域だ。もちろんデビューした後も両親と過ごすことはできる。しかし、個人的な生活をかなり犠牲《ぎせい》にしなければならない。望んでその世界に入った者でも、うんざりすることがある。

二度目のスカウト。二度目の聖域。それをチアキ・シェスに強《し》いるというのが心苦しいのだ。

「そうだ。俺もその点を躊躇している」

「でも、クマリのときとは違います。まったく同じじゃない。そのことをちゃんと話すべきです。表現することの楽しさ、そして、大勢の人に愛される快感……」

「同じかもしれない」

「何ですって？」

「彼女はそういうものを、クマリの時代に経験しているかもしれない」

「ならば、彼女に聞いてみることです。もう二度とクマリにはなりたくないのか、と……。

もしかしたら、そういう存在にもう一度なりたいと考えているかもしれません。芸能界デビューでもう一度彼女はクマリになれるかもしれない」

曽我の言っていることは正しいかもしれない。だが、どこかが違っている。飯島はそう感じた。

曽我はチアキ・シェスに会って変わった。入れ込むべき対象を見つけて、俄然《がぜん》やる気を出したのだ。それは認めてやらなければならない。そして、彼が閃きを感じたのはたしかなのだ。

飯島はうなずいた。

「わかった。おまえは、チアキ・シェスと連絡を取り続けろ。茶飲み話でもいい。いずれ、その気になったら、デモテープを録《と》れ。もちろん、俺もフォローするが、これはおまえの仕事だ」

「はい」

曽我は目を輝かせた。

飯島は、最後まで会社に残っていた。がらんとしたオフィス。ディレクターの何人かは都内の貸しスタジオでレコーディングをしていた。徹夜するやつもいるだろう。

誰もいないオフィスは、暖房が入っているにもかかわらず、冷え冷えとした感じがする。

飯島は、曽我のデスクまでやってきて、若い頃を思い出していた。何を考えているかわからなかった曽我も、情熱を秘めていたのだ。それは、今日の収穫だった。そして、あのチアキ・シェス……。デビューさせるかどうかは別として、たしかに収穫ではあった。

飯島は、足元の段ボールの箱をぼんやりと眺めていた。曽我が、予約録画したり購入したりしたビデオが山になっていた。何気なくそのビデオの山をかき回す。

大半は白い無地のケースにマジックで覚書《おぼえがき》のようなタイトルが記されているのだが、中には、派手なジャケットをかけたアダルトビデオも混じっていた。

曽我も必死だったのだろう。飯島は苦笑した。アダルトビデオの世界にもアイドルはいる。

そのうちの一本を手に取った。出演者の名前が気になったのだ。池沢《いけざわ》ちあき。偶然に過ぎないのだろうが、飯島はそういうことにこだわる男だった。

チアキにちあき。これも何かの縁かもしれない……。

ジャケット写真はなかなか魅力的な女の子が写っている。普通のAVは、ヒロインが半裸の挑発的な恰好《かっこう》で写っていることが多い。胸があらわなことも少なくない。しかし、この池沢ちあきは、女子高生の制服姿だった。グレーのブレザーにチェックのスカート。白いブラウスに赤いスカーフを結んでいる。

自然に垂らした長い髪に、その制服姿が妙に似合っていた。まるで本物の女子高生のように見える。愛らしい顔をしていた。普通のアイドルでも充分に通用する容貌《ようぼう》を持っている。スタイルもいい。

こういう子がどういう経緯でAVに出るようになるのだろう。芸能界の酸《す》いも甘いもかみ分けた飯島ですら、そう思ってしまう。それくらいに世の中は変わってしまったのだ。

AV女優のCDを手がける日もやってくるかもしれないな……。

飯島は苦笑混じりにそんなことを考えていた。そのビデオを手に取り、会議室に行った。気晴らしにそのビデオを見てやろうと思ったのだ。会議室にはビデオデッキと大型のワイドテレビがある。

女優は二人登場していた。二人とも女子高生という設定だ。そのうちのひとりがヒロインの池沢ちあきだった。派手なカラミがあったが、それは池沢ちあきではないもう一人の女優が担当していた。

池沢ちあきはあくまで、ソフトなカラミしかやらない。

その制服姿が妙に清楚《せいそ》で魅力的だった。たいていは、AVの芝居など見るに耐えないものので、ユーザーもそんなものは期待していない。しかし、このビデオは少しばかり趣《おもむき》が違った。まるで、アイドルのイメージビデオを見ているようなカットが多い。そして、何より池沢ちあきの演技がしっかりしていた。

飯島は、気晴らしのつもりで見はじめたのだが、途中からすっかり集中してしまった。それくらい池沢ちあきの演技は光っていた。台詞回《せりふまわ》しもしっかりしている。だが、それだけではない。表情だけで演技できるのだ。脚本はAVにありがちな、ありきたりの内容だが、池沢ちあきの豊かな表情が十二分にそれを補っていた。

飯島はいつしか、普通のＡＶユーザーとはまったく逆のことをしていた。つまり、カラミの部分を早送りで見はじめたのだ。池沢ちあきの演技と表情が見たかった。そして、最後まで彼女は飯島を失望させなかった。

もちろん彼女も全裸でカラミを演じている。だが、最近のＡＶにありがちなやたらに動きが派手なカラミではない。表情で見せるカラミだった。その裸体も、すらりとしていてむしろ無垢《むく》なものを感じさせるのが不思議だった。

見終わった飯島はしばし呆然《ぼうぜん》としていた。ビデオを見る前に感じた疑問が、さらに深まった。

なんでこんな子がＡＶに……。

今現在、テレビのドラマで活躍している若いタレントなどより、ずっと容姿も演技力も表情の豊かさも優《すぐ》れているように思える。

俺の眼《め》がおかしいのだろうか？　それとも、最近のＡＶではこれくらいの子が出演するのは当たり前なのだろうか？

そうとは思えなかった。飯島は、時間がたつのも忘れて、そのビデオを巻き戻し、もう一度早送りをしながら見た。今度はプロの眼でチェックしようと思った。素材を見極《きわ》めようとしたのだ。

その結果、自分の眼に狂いはないと確信した。すると、猛然と悔《くや》しさがこみ上げてきた。

どうして、この子がAVなんかに出る前に出会えなかったのだろう。アイドルに裸はタブーだ。人気アイドルが突然ヌード写真集を出して世間を驚かせることはあるが、それでもまだまだ一般大衆は保守的だ。人気女優やタレントになる足掛かりとして、AVに出演したり、ヌードグラビアを撮影したりする若い女性がいるらしいが、それでうまくいった例はごくまれだ。たいていは数本のビデオに出演してそのまま消えていく。飯島は唇《くちびる》を噛《か》む思いだった。これだけの逸材を、見つけておきながら……。

飯島はビデオをデッキから抜き取り、ケースに納《おさ》めた。ジャケットの写真を見て、また切《せつ》なくなった。これがCDのジャケットなら……。

会議室を出、ビデオを曽我の段ボール箱に戻すと、後始末をして社を後にした。車で三宿交差点そばにあるマンションに戻る間も、池沢ちあきのことを思い出していた。忘れようと思ったが、頭から離れない。

久しぶりに気分が昂《たかぶ》っている。ちょっと熱を帯びたような気分だ。若い頃にはよくあったように思う。飯島は池沢ちあきに惚れ込んだのだ。あの子はAVで終わるような素材じゃない。だが、AVに出たというのは致命的な気がした。それが悔しくて歯ぎしりをしたい気分だった。

やはり忘れるしかないのか。

アイドル作りは恋愛のような一面があると飯島は思っていた。もちろん、仕事としての冷静さは必要だ。しかし、冷静な分析だけでは決してスターは生まれない。

ひんやりとした闇《やみ》に包まれた部屋に戻ると、まずエアコンのスイッチを入れ、冷蔵庫から氷を出してグラスに入れた。台所に出しっぱなしになっているボトルからウイスキーを注いでオンザロックを作り、一口すすった。

飯島は結婚したことがない。この先もする気はない。自分の仕事と家庭は相容《あいい》れないのだと考えていた。結婚を考えていた時期もあった。しかし、四十を過ぎるとどうでもよくなった。中根はそつなく家庭を築き、二人の子供がいる。上の娘はもう高校生だ。中根は何かと飯島のことを心配しているが、本人はいっこうに気にしていなかった。

こうして寒い部屋に帰るのは淋《さび》しい。だが、独り暮らしの気楽さは何物にも代えがたい。

一杯を飲み干し、さらにウイスキーをたっぷり注いでもう一杯作った。ひどく腹が減っているのに気づいた。冷蔵庫を開けると、フランクフルトがあったので、それを電子レンジにかけ、かじった。今日の夕飯はこれで済ませるしかない。すでに十一時近くなっており、これから出かけて飯《めし》を食う元気もない。

もう一度、オンザロックを作り、テレビを見ながら飲んだ。酔いが回ってきて、体の芯《しん》で固まっていた疲れがほぐれていく。彼はぐったりと、ソファに体を投げ出していた。ようやく部屋があたたまってきて、気分がくつろいできた。

テレビはこれから深夜のバラエティーの時間帯となる。酔った眼で、テレビを眺めているうちに、またしても池沢ちあきのことを思い出した。テレビに出演している奇妙な髪型をした女性タレントたちよりずっと彼女のほうが優れているように思えた。

飯島は、ゆっくりと体を起こした。

俺は今、酔っている。だから、正常な判断力を失っているのかもしれない。気が大きくなっていて、煩《わずら》わしいことが気にならなくなってる。だから、こんなことを考えるんだ。

自分で自分にそう言い聞かせようとした。しかし、胸の奥底からわき上がってくるその思いを抑《おさ》えることはできそうになかった。

俺が手がけるアイドルは、池沢ちあき以外にない。

どこかで、あきらめたほうがいい、AVに一度でも出演したことは致命的だ、そうささやく自分がいた。だが、その声はどんどんと小さくなっていった。

「あなたが探しているのは、私ではない」

チアキ・シェスの言葉を思い出した。

ならば、俺が探していたのは、池沢ちあきなのだ。チアキ・シェスに会ったその日に、池沢ちあきのビデオを見つけた。これは偶然ではない。そういう運命だったのだ。

飯島はそう思った。

思い立ったらじっとしていられなかった。飯島は電話に手を伸ばし、システム手帳を開いた。

ダイヤルすると、相手は三回の呼び出し音で出た。

「はい。曽我です」

「俺だ。飯島だ」

「社長、どうしたんです？」

「すまんな。起きていたか？」

「ええ……」

かすかにダンスミュージックが聞こえる。「どんな曲がチアキにマッチするかいろいろ検討していたんです」

「おまえ、池沢ちあきというのを知っているか？」

「ああ……。ヌードルですね」

「AV女優じゃないのか？」

「AVにも出ていますが、それが本職じゃありません。たまたま、事務所がAVのプロダクションなんで、出演することになったんですね。もともとグラビアアイドルですよ」

「彼女に会ってみたい。コンタクトを取れるか？」

「それ、どういうことです？　チアキ・シェスで行くんじゃないんですか？」

「もちろんだ。それはおまえがやればいい。俺は池沢ちあきをやる」

曽我はむっとした声を出した。

「ちょっと待ってください。それ、社長とコンペをやるということですか？　それじゃ僕に勝ち目はありませんよ」

「そうじゃない。場合によっては二人を同時にデビューさせてもいい。俺はアイドルというのは、あくまでも単独で売るものだと思っていたが、今回に限り、二人を組ませてもいいような気がしてきた」

これは思いつきだ。曽我を懐柔するつもりのでまかせだった。だが、言ったあとで悪くないアイディアだと感じた。

「ヌードで売ったグラビアアイドルと元グマリですか？　そんなの変ですよ。それ、どういう組み合わせなんです？　名前がたまたま一緒だからですか？　それに二人を組ませるにしても、年が違いますよ。チアキ・シェスは十七歳。池沢ちあきは、たしかもう二十三歳です」

二十三歳。その年齢を聞いて、飯島は驚いた。たしかにアイドルとしては年齢が行き過ぎている。しかし、驚いた理由はそのことではない。少女としか思えない彼女の雰囲気。それが、二十三歳だというので驚いたのだ。そして、飯島はなおさらいけると感じた。彼女の持つ無垢な雰囲気は、一過性《いっかせい》のものではないということを確信したからだ。

「おまえがチアキ・シェスに惚れ込んだのと同じで、俺は池沢ちあきに惚れ込んだんだ。どちらもアイドルとしてはハンディーを抱えている。二人一組ならそのハンディーを克服することができる。違うか？」

短い間があった。おそらく、曽我もチアキ・シェスが外国人であるという点が問題だと感じていたはずだ。やがて、曽我が言った。

「わかりました。社長の言うとおりかもしれません。それで、どうすればいいんです？」

「池沢ちあきと会う。何とか段取りを取ってくれ。何か問題があれば、俺が出向く」

「わかりました。明日、朝一番でやります」

「頼む」

飯島は電話を切った。疲れ果てているはずだが、その疲れを忘れていた。彼はようやく現場に戻ってきたという実感を得ていた。

10

綾部は、マクルーハン博士のタフさにすっかり驚いていた。博士は、いつ寝ているのかわからなかった。毎日、深夜になるまで仕事を続ける。

統合幕僚会議情報局が、市ヶ谷に移設した防衛庁施設内に部屋を一つ確保し、そこにAAOプロジェクト室を作った。情報局からスタッフを五人派遣し、さらにマクルーハンの求めに応じて防衛大学から心理学の教授を一人招いていた。

スタッフ一人につき一台のコンピュータが持ち込まれLANでつながれた。そこに連日膨大《ぼうだい》な量のデータが打ち込まれた。

何も知らない防衛庁の職員の中には「エイエイオーとは威勢がいいな」などと揶揄《やゆ》する者もいた。何をやっているかわからないのが面白くないのだ。

マクルーハンがグループPと名付けたような集団を日本国内で特定することはできなかった。時系列のデータが少ないせいだ。しかし、驚いたことに日本政府には国内の超能力者のリストが存在していた。

内閣情報調査室が内閣調査室と呼ばれていた頃から集め続けているリストで、なんと年ごとに能力者のランクまで付けられていた。

マクルーハンの日本での調査活動は一週間ごとに評価されてそのつど延長するか打ち切るかを決められる。だから、気長にデータを集めて分析することは不可能だった。

そこで、マクルーハンは、内閣情報調査室から手に入れた超能力者リストに沿って、可能な限りインタビューを試みていた。インタビューに先立って、一連の心理テストが行われた。その心理テストはマクルーハンと防衛大の教授によって検討されたものだった。

その結果、何人かの超能力者が、グループPが見たのと同様の夢を見ていることがわかった。内調のリストには、少年少女が少なかった。調査の仕方によって偏りが生じているのだろうとマクルーハンは言った。情報源がマスコミや特定の研究者に限られているせいだ。

大人の場合は、そういう夢を見ている傾向が少ない。感応性に優れている霊能者と呼ばれる人々でも、年齢が高くなるとそんな夢など見たこともないとこたえた。

このプロジェクトを始めた当初は、半信半疑だった綾部も、超能力者の実態というものを認めなければならなかった。マクルーハンが言う危機を次第に実感しはじめる。

その日の午後、綾部とマクルーハンは、ある三十代前半の女性占い師を都内のホテルでインタビューしていた。北条緑子《ほうじょうみどりこ》という名のその占い師は、内調のリストに載っている超能力者の一人で、最近、大爆発の夢を何度か続けて見ているという。

綾部は通訳として同行していた。北条緑子は、快くインタビューに応じ、マクルーハンは世間話など交えて気さくな調子でインタビューを続けた。

「何度か大爆発の夢を見られたということですが……」

マクルーハンが尋ねた。「それについて、どんな感じがしました？」

女占い師は意味ありげなほほえみを浮かべた。

「何を訊《き》きたいのかは、だいたいわかります。プリンストン大学の教授ですって？　でも、あなたたちから大学の研究者とは違った雰囲気を感じます」

綾部はそのほほえみにぞっとする思いだった。相手は超能力を持つという占い師だ。すべてを見通されているような気分になったのだ。だが、マクルーハンはおだやかにほほえみを返して言った。

「私は大学の教授であると同時に、ペンタゴンで働いています。あなたがたのように特殊な能力を持つ方が大爆発の夢を見られるというのは、軍関係者にとって憂慮《ゆうりょ》すべき事態なのです」

「予知夢《よちむ》だとお考えなのですね。でも、予知夢といっても、それがそのまま現実になるとは限らないのですよ。タロットカードは、描かれている絵そのままの意味ではない、さまざまなメッセージを持っています。夢も同じです」

「それは勇気づけられるお言葉ですね。だが、アメリカで、同様の夢を見て怯《おび》えている子供たちが何人かいるのです。その子供たちはあなたと同様に強い感応性を持っている。その事実に、私は危機感を抱かざるを得ません」

「私の知り合いの超能力者も、たしか同じような夢をこのところ見ていると言っています。でも、それは新しい世界が始まる予兆《よちょう》だと解釈しているようです。私はその考えを受けいれることにしたので、それほど恐怖を感じてはいません」

「新しい世界が始まる予兆？」

「そう。新約聖書にも書かれているでしょう？　ヨハネの黙示録《もくしろく》です。神の国が地上に現れる前に地上は戦いや天変地異の大きな災いにさらされます。しかし、それは新しい世界の始まりなのです。恐れる必要はないのです」

マクルーハンはかすかにかぶりを振った。

「だが、黙示録のような災いが降り注ぐのを、阻止できるものならば阻止したいと考えるのが、我々の立場なのです」

「日本の神道《しんとう》でも、神が新たなことを始めるときは、まず災いの形を取ると言われています。それは避けられないのかもしれませんよ」

マクルーハンは複雑な表情で通訳する綾部を見ていた。綾部は通訳に徹しており、個人的な意見を言うのを差し控えた。

「では、そのお友達の意見を受けいれる前にどのように感じていたかを教えてください」

「たしかに私は恐れていました。世紀末を迎え、世間は絶望感に満ちています。特に経済の行き詰まりは大きな影響を人々の心に与えています。明日に対して希望が持てず、自殺する者が急増しているのです。自殺というのは、現実社会においても悲惨なものですが、霊的にも悪い影響を与えるのです。自殺によって死を迎えた霊は、浄化《じょうか》されず低級な霊として悪さをするようになります。それ故に、あらゆる宗教で自殺が厳しく戒められているのです。そうした、現実の人々の気持ちや霊的な乱れは、私たちのような霊能力者に直接影響を与えます。私もその影響でカタストロフィーの夢を見たのだと思いました。つまり、人々の恐れが私に反映したのです。だから、私は恐れていました。社会というのは人々が恐れている方向に動いていくものです。単純な言い方をすれば、人の心が社会の行く末を決めるのです。だから、実際に大爆発が起きるかどうかは別として、私は恐れていたのです」

「なるほど……」

マクルーハンは、豊かな髯《ひげ》を親指と人指し指でこすりながら、北条緑子の顔を見つめていた。「だが、お友達の意見を受けいれた今は、それほど恐れてはいない？」

北条緑子はうなずいた。

「その友人は、必ず救いがあるはずだと言いました」

「私は、そのお友達のお話も聞いてみたい。紹介していただけますか？」

北条緑子は考え込んでいた。やがて、顔を上げると言った。

「何と言うか……、デリケートな立場の人なので、紹介していいものかどうか……」

「決してご迷惑をおかけするようなことはありません。お話をうかがいたいだけです」

「彼女の言うことを尊重していただけますね。つまり、話したくないというようなことを、無理やり聞き出そうとするようなことはしないと、約束していただけますか？」

「彼女？　そのお友達は女性なのですね？」

「そうです。若い女性です」

「約束します。私たちは彼女の気持ちを尊重するよう努力します。それはどんな方なのですか？」

「かつて神だった方です」

マクルーハンは、綾部を見て戸惑《とまど》った表情を見せた。綾部が訳したゴッドという言葉が間違いではないのかと疑っているようだ。マクルーハンは、北条緑子に眼《め》を戻すと言った。

「神だった……？」

「ネパールの少女です。クマリというのをご存じですか？　ネパールでは、少女が生き神として祭られるのです」

「生き神……？」

「そう。幼い少女です。何かの理由で出血すると神ではなくなって、任を解かれて人に戻るのです。ご紹介する友人は、かつてそのクマリだったのです。名前はチアキ・シェス。

十七歳の少女です」

チアキという名を聞いて、綾部は驚きのあまり一瞬通訳を忘れて北条緑子の顔をしげしげと見つめた。

そして、それを通訳してきかせたとたん、マクルーハンも同じような反応を見せた。緑子はその二人の反応を見て驚いていた。三人が驚いた表情で顔を見合わせている。奇妙な光景だった。

北条緑子が恐る恐る尋ねた。

「あの、彼女がどうかしましたか?」

マクルーハンが何かを畏《おそ》れるような表情でこたえた。

「私たちが探していた人物は、もしかしたら、そのかつて神だった少女かもしれません」

朝一番で連絡を取るという約束を飯島としていたので、その言葉のとおり朝から電話にかじりついていた曽我だったが、結局午後になっても、池沢ちあきと会う段取りを付けられずにいた。

池沢ちあきは、コズミック・エンタープライズというプロダクションに所属していることになっている。アダルトビデオを制作しているプロダクションだ。

まず、午前中はこのプロダクションと連絡が取れなかった。何度掛けても、留守番《るすばん》電話になっていた。午後になってようやく人が出たが、要領を得なかった。何でもADだそうで、伝言だけは伝えるということだった。

会社で電話を待っていたが、いっこうに連絡は来ず夕刻になってようやくマネージャーと名乗る男をつかまえることができた。

だが、そのマネージャーは、たった一言「ちあきは今休業してますよ」と言っただけだった。

曽我は食い下がった。

「何とか連絡を取れないでしょうか?」

「どんなご用件です?」

「CDを出されるお気持ちはないかと思いまして……」

「CD……。失礼ですが、どちらさんといいましたっけ?」

「ミューズ・レーベルの曽我といいます」

「ミューズ・レーベル……」

沈黙の間があった。どういうことか考えているのだろう。

曽我はその沈黙に堪えきれずに言った。

「何とか、話だけでも聞いてもらえませんか?」

「本人と連絡が取れるかどうか……。なんせ、この一年何も活動をしていないもので……」

相手の声は明らかに警戒心を感じさせた。

「連絡先を教えていただければ、私どもの方で何とかしますが……」

「いや」

マネージャーは言った。「それはこちらの責任ですから。いいでしょう。これから、本人と連絡を取ってみましょう」

「お願いします」

「そっちの連絡先を教えてください。電話しますよ」

曽我は、会社の電話番号と自分の携帯電話の番号を教えた。向こうからの連絡を当てにしていたわけではない。しばらくしたら、またこちらから掛けてみるつもりでいた。

だが、意外にもその十五分後に先方から電話があった。

「話を聞くだけなら、と本人は言っています。こちらの事務所に来ていただけますか?」

「うかがいます」

「明日の午後二時」

「わかりました」

電話が切れると、曽我はすぐに飯島のところに行って、そのことを伝えた。

飯島は、知らせを聞くとたんに厳しい表情になった。曽我は、飯島が何を考えているのかわからず戸惑った。

「事務所に話を通したのか……」

苦い表情のまま飯島が言った。

「はい。それ以外につてがなかったので」

「雑誌社とか、カメラマンとか、他に心当たりはなかったのか?」

「ありませんでした。僕はまだそういうところに顔がききませんから……」

「まあ、そうだな」

「何かまずかったですか?」

「腹をくくらなければならないな」

「どういうことです?」

「タレントの移籍にはいつだってトラブルが付き物だ。相手がどう出てくるかだな……」

「移籍……?」

「当然だろう。もともとアイドルを探せって言うのはナカネ企画から来た話だ。……ということは、ナカネ企画が新しいアイドルをほしがっているということじゃないか。池沢ちあきをその何とかいうAVのプロダクションから引き抜かなけりゃならないんだ」

移籍……、引き抜き……。

考えてみればそれはごく当然の話だ。ちょっと考えれば子供でもわかりそうなものだ。しかし、曽我は池沢ちあきと連絡を取ることばかりを考えていてそこまで頭が回らなかったのだ。

経験不足といえばそれまでだが、慣れないことをやらされると常識では考えられないへまをやってしまうものだ。

曽我は、不安げに飯島を見た。どう対処したらいいかより、何を言われるかが気になる。

飯島は机の上を睨《にら》むようにして何かを考えていたが、やがて、ため息を一つついて言った。

「まあ、こうなったらこちらも強気で行くしかないな。実弾が必要かもしれない。中根に相談してみる」

「実弾？」

「金だよ。もし、中根がうんと言わなければ、ミューズ・レーベルの制作費からなんとか捻出《ねんしゅつ》するさ。後は俺に任せろ」

曽我はほっとした。取り返しのつかないことをしたと文句を言われるものと思っていたのだ。だが、飯島はもう次のことを考えているようだ。

「俺のために一日使わせてしまったな。チアキ・シェスのほうはどうだ？」

「今日はまだ連絡を取っていません。あまり性急に攻めるのもどうかと思いまして……」

飯島はうなずいた。

「そちらで俺ができることがあったら何でも言ってくれ」

曽我はその一言を意外に思い、飯島の顔を見つめた。

「何だ？　俺が何か妙なことを言ったか？」

「いえ……、何だか初めてそんなことを言われたような気がしたんです」

「俺はいつでも言っている。おまえが聞こうとしなかっただけだ」

飯島はそれだけ言うと、電話に手を伸ばした。中根社長を呼び出している。

曽我は社長室ブースを出た。

飯島の最後の一言が気になっていた。

ジムナール・シェスは戸惑った表情で綾部三佐とマクルーハン博士を迎えた。戸惑いだけではない。かすかな怒りを感じて綾部はふとたじろいだ。

「こちらがお電話でお話ししたプリンストン大学のマクルーハン博士です」

綾部が英語で言うと、ジムナール・シェスは綾部とマクルーハンを交互に見つめて言った。

「どうして、あなた方は私たち家族を放《ほう》っておいてくれないのです?」

綾部はわけがわからなかった。

「ちょっと待ってください。それはどういうことです。私はお嬢さんの友人である、北条緑子さんに紹介されてやってきたのです」

「最初は新聞記者でした」

ジムナールは言った。「私はそのときもお断りした。娘はもうクマリではありません。普通の人間として復帰しようと努力しているところなのです。娘にはゆっくりと考える時間が必要なのです。その次にはレコーディング会社の方がいらして、娘に歌を歌わないかと言ってきた。そして、あなたたちだ」

綾部は驚いてマクルーハンと顔を見合わせた。

「そんな事情は存じませんでした。しかし……」

それを引き継ぐようにマクルーハンが言った。

「私たちはお嬢さんの助けを必要としています」

ジムナール・シェスはマクルーハンを見据《みす》えた。

「娘の助けですって？」

「そうです。私が研究している事柄について、アドバイスが必要なのです」

「娘が大学教授のあなたにアドバイスをするというのですか？　ばかばかしい」

「本当のことです。娘さんの友人である北条緑子さんがそれを示唆《しさ》してくれました」

ジムナール・シェスはいらだたしげにかぶりを振った。

「彼女もあなたがたの一人だ」

「どういうことです？」

「北条緑子さんもあなた方と同様に突然我が家を訪ねてきたのです。新聞を読まれたのでしょう。娘はもうクマリではないのです」

「どうか、お話をさせていただけませんか？」

「娘は試験を控《ひか》えており勉強をしなければならないのです」

「お時間は取らせません。お願いします」

マクルーハンは、ブルーグレーの眼でじっとジムナールを見つめていた。懇願するというより圧力をかけているように見える。マクルーハンはきわめて精力的な男だった。目的のために突っ走るタイプであることが、付き合いはじめてすぐにわかった。

ジムナール・シェスはまた首を小さく何度も振った。だがそれは拒否のしぐさではなく、あきらめを表している。

「どうぞ、お入りください」

ついに、ジムナール・シェスは言った。「今、娘を呼んできます」

綾部はリビングルームに通されて、落ち着かない気分だった。マクルーハンの推論をすべて受けいれるとすると、これから会うチアキという少女が、カタストロフィーの危機を回避するための救世主ということになるのかもしれない。

いったいこれはどういうことなのだろう。綾部は考えた。私が生きてきた世界の出来事とはとうてい思えない。

超能力者。

予知夢。

最終戦争。

そして救世主……。

冗談ではない。これは悪い冗談だ。もしかしたら、長い悪夢を見ているのかもしれない。

はっと目が覚めると、私は自宅のベッドにいて、何の変哲もない情報局での一日が始まり……。

チアキ・シェスが現れた。

綾部はその美しさにびっくりした。すらりと伸びた肢体。だが、すでに女らしい曲線をたたえている。長い髪に大きくよく光る眼。一流の彫刻家が入念に大理石に刻んだような端整な顔だち。

眼を伏せるようにして部屋に入ってくると、彼女は綾部とマクルーハンの正面に座った。

「英語は話せますか?」

マクルーハンが尋ねた。綾部ははっとしてマクルーハンの横顔をうかがった。彼は綾部のように少女に見とれたりはしないらしい。

チアキ・シェスは無言でうなずいた。これで会話は通訳なしで、英語で進められることがわかった。

「私たちは、北条緑子さんの紹介でやってきました。北条さんとはお友達ですね?」

マクルーハンが尋ねると、チアキ・シェスはためらいなくうなずいた。

「私はアメリカで心理学の研究をしています。特に、潜在意識や無意識というものを専門にしており、多くのインタビューによるデータを集めていました。それによって……」

マクルーハンが説明を続けようとすると、チアキ・シェスがマクルーハンを見つめて言った。

「その夢は実現するでしょう」

マクルーハンは眉根《まゆね》に皺《しわ》をよせて口をつぐんだ。その瞬間、綾部は何が起きたかわからなかった。マクルーハンはまだ夢の話はしていなかった。彼女は、すべてを心得ているというふうに落ち着いていた。

マクルーハンが尋ねた。

「どうして夢の話を知っているのです？　北条緑子さんから電話か何かありましたか？」

チアキ・シェスは首を横に振った。

「なぜ知っているかと尋ねられても、私にはどうこたえていいかわかりません。知っているから知っているとしかこたえられません。お話を聞いていて、ああ、このことなんだなと思っただけです」

マクルーハンは、難しい顔でチアキ・シェスを見つめたままうなずいていた。彼は言った。

「それでは、別の質問をしましょう。あなたも、その夢を見ますか？」

「見ます」

「その夢を、他の多くの人も見ていることを知っていますか？」

「北条緑子さんが見ていたことは知っています」

「その他は？」

「知っているわけではありません。でも、見ているはずだと思っています」

「誰が？」

「神の営《いとな》みを知っている者たちです」

「神の営み……」

チアキ・シェスはうなずいた。

「人間は神の営みの影だけを見ています。ちょうど、地を這《は》う虫が人間の影だけを見ているように」

「だが、そうではなく神の営みを見ることができる人間がいると……？」

「たくさんいます。見ているのにそれに気づかないか、忘れてしまうか……。とにかく、それを覚えている人が少ないだけです」

綾部には、チアキ・シェスが何を言っているのかわからなかった。神だ仏だという話に興味はない。チアキ・シェスもグループPと同じ夢を見ていたことだけはわかった。だが、それをどう解釈すればいいのかはわからない。

マクルーハンは、しきりに何かを考えている。彼にはわかっているのかもしれない。

「あなたのいう神の営みというのは、特殊な人だけが見ているわけではないということですか？」

「見ていることに気づく人、そして、見たことを忘れない人が、特殊な人と呼ばれるのだと思います」

「誰もが見ている可能性があるということですね？」

「もちろんそうです。神の営みは私たち人間の世界を含んでいるのですから」

「人間の世界と別にあるのではなく、私たちの世界を包含《ほうがん》しているということですか？」

「そうです。すべてが存在し、すべてが配置されています」

「では、我々人間はあらかじめ定められた計画に沿って生きているだけということですか？　何かの計画があり、それに無意識に従っているだけだと……」

綾部は、マクルーハンの顔を横から盗み見た。彼はいったい何の話をしているのだろう。彼はここに宗教の話をしにきたのだろうか？　それとも、彼が話しているのは、宗教とはまったく別の話なのだろうか……。

綾部は不安で落ち着かなかった。最初にＤＩＡからの奇妙なレポートを受け取ったときから、チアキ・シェスに出会うまでのこの間の出来事は、彼の世界を一変させてしまった。信じがたいが、実際に起きている。

偶然としか思えない出会いがあり、だが、それは必然の積み重ねでしかないような思いが一方である。

いったい私はどういう世界に足を踏み入れてしまったのだろう。その思いが彼を不安にさせているのだ。

チアキ・シェスは、マクルーハンの質問にきっぱりと首を振った。

「ただ従うだけではありません。選択《せんたく》するのです。選ぶというのは人間の崇高な行為です」

「選択が崇高な行為？」

マクルーハンが不思議そうな表情を見せた。「ただ選ぶことが？」

「選ぶことが世界を広げていきます。そして、よりよき世界を作るのも、またその逆も、人間の選択の結果です」

「選択が世界を広げていくというのはどういうことなのでしょう?」

「どういうことかは、私にはわかりません。ただ、そういうものだというだけのことです。風が吹くといろいろなことが起きます。寒い冬には風は災いとなり、暑い夏には救いとなります。しかし、風はただ吹くだけです。風そのものに災いか救いかの意味はありません。神の営みも同じです。それが災いか救いかは、受け取る側によります。神はただ行うだけです」

「あなたが言われる神というのはどういうものなのですか? あなたが神だったのではないのですか?」

「私は生き神でした。生き神は神の営みを感じることができるだけです。神そのものを見るわけではありません。その営みを見るのです」

マクルーハンはわずかに体を乗り出した。

「私たち心理学者の一部は、こう考えています。人間の無意識の領域こそ神の領域だと。人々の意識が野球のボールくらいの大きさだとすると、無意識の大きさは野球場ほどもあるとたとえる人もいます。しかも無意識はただ広いだけではなく、部族間に共通しているという人もいる。また、最近では部族に限らず全人類に共通しているという説もあり、私はそれを支持しています。つまり、すべての人類は無意識でつながっているのです。さまざまな超自然的な出来事がそれで説明できる場合があります。そして、人間というのは、無意識下から意識上へ選択して情報を取り出している。そう。選択です。私にとって、あなたが言われた、選択が世界を広げていくという言葉は実に示唆《しさ》に富んでいるのです」

チアキ・シェスは黙ってマクルーハンの言葉に耳を傾けていた。

「私たちは、無意識下に何があるのか知ることはできません。だが、それの手がかりとなるいくつかの方策を知っています。その一つが夢なのです。フロイトという学者は、無意識では抑圧が解放されていると考えました。その結果が夢として現れると彼はいい、さかんに夢判断をしました。しかし、現在では夢というのはフロイトが考えたように単に抑圧《よくあつ》からの解放だけではないことがわかってきました。私は、しばしば予知夢という現象が一般の人にも起きることを知っています。デジャヴという現象があることも知っています。デジャヴに関しては、長い間ある種の錯覚《さっかく》でしかないという説明がなされてきました。しかし、私は、無意識の領域に存在する、ある種の記憶なのではないかと考えるようになりました。これはあくまでも仮説に過ぎません。ですが、たしかに私は、人類はみな未来の記憶を無意識の領域に持っている可能性があると考えているのです。それはつまり神の領域です」

そこまでしゃべったマクルーハンは、ふと気づいたように周囲を見回した。いつしか、綾部はマクルーハンに注目していた。少し離れたところに座っていたジムナール・シェスも難しい顔でマクルーハンを見つめている。

マクルーハンは、妙に照れたように咳払《せきばら》いをすると、チアキ・シェスに言った。

「失礼……。私の言っていることはわかりますか?」

チアキ・シェスはうなずいた。

「よく理解できます」

「人間の無意識こそ神の領域かもしれない。私はそう考えるのですが、ここで一つ矛盾がある。人間は無意識から情報を選択して意識上に取り出す。しかし、その選択すら無意識に操られているのかもしれない。そうすると、あなたが言った、選択が崇高であるということがわからなくなってくる」

綾部は驚いた。プリンストン大学の教授であるマクルーハンは、チアキ・シェスの言ったことを百パーセントまともに受け止め、それを本人と議論しようとしているのだ。

相手が十七歳の少女であることは、彼にとって問題ではないようだ。

「人は神に操られているわけではありません。人は人として生きることが尊いのです。人が生きるということは選択をするということです。人々の選択が人の世の進む方向を変えていきます。神はその進む方向をさまざまに用意しているだけです」

綾部は聞いているうちに収《おさ》まりの悪さを感じはじめた。なんだかひどく落ち着かない気分だ。

マクルーハンは真剣に尋ねた。

「神は見ているだけだというのですか?」

「はい」

「救いの道を用意します。しかし、それを選ぶかどうかは人間次第です」

マクルーハンは、瞬《また》きもせずにチアキ・シェスを見つめている。沈黙の間《ま》があり、綾部は重苦しい気分になった。

「神は人を救わないと……？」

ジムナール・シェスが言った。

「娘は日本の高校に通うために、人の倍の勉強をしなければなりません。そろそろ……」

マクルーハンは、人差し指を立ててジムナール・シェスに「もう一言だけ」というと、チアキ・シェスに向かって言った。

「あなたも見ているという大爆発の夢はどういうことですか？　それは予知夢ではないのですか？」

「予知夢……？」

「夢に見たことが現実に起きるのではないかということです」

「現実に起きるかもしれません」

チアキ・シェスはあっさりと言った。「神はそのような現実をも用意しているのです」

「何人かの子供たちが、その大爆発は人類の危機だというふうに感じて怯《おび》えています。実際にそうなるということですか？　人類が滅亡すると……」

「そういう現実も用意されています」

「では、それは避けられないのですか？」

「人々がそれを恐れている限り、避けられないかもしれません」

「恐れている限り……？」

チアキ・シェスはうなずいた。

「恐れているということは、そうなることを期待していることとそれほど違いません」

マクルーハンは気づいたように言った。

「臨床心理学の世界に期待不安という言葉があります。神経症を示す兆候の一つで、もしかしたら気分が悪くなるのではないかと恐れるあまり、本当に気分が悪くなるような場合を指します。もしかしたら、そういうことですか？」

「そうかもしれません」

「では、人類がそれを恐れなければ大爆発は起きないということですか？」

「恐れをなくしたときに、それに対処する方法が見つかるかもしれません。また、恐れを忘れたときに、人は他の道を選択するのかもしれません。爆発が起きるにしても、それを恐れ続けているかどうかでその爆発の意味合いも変わってきます」

綾部には、チアキ・シェスが何を言っているのかまったく理解できない。しかし、わからないながら、なぜか気に食わない話を聞いているような気がした。

マクルーハンはしきりに何事か考えている。ジムナール・シェスが苛立《いらだ》たしげにマクルーハンを見ていた。

やがて、チアキ・シェスは言った。

「あなた方は誰かを探してここへ来たようですが……」

マクルーハンと綾部は同時にチアキ・シェスを見た。たしかに、二人はチアキという名の人物を探していた。それがチアキ・シェスに違いないと考えていたのだ。

「でも、あなた方が探しているのは私ではありません」

マクルーハンと綾部は顔を見合わせた。マクルーハンは、チアキ・シェスに視線を戻すと尋ねた。

「それはどういうことですか?」

チアキ・シェスがこたえるより早く、ジムナール・シェスが言った。

「言葉通りの意味です。先日、いらしたレコーディング会社の方にも、チアキはそう申したのです。つまり、あなたたちのいかなる期待にもこたえられないから、二度と訪ねて来ないでほしいということですよ」

チアキ・シェスは何も言わなかった。

マクルーハンは、ジムナール・シェスに尋ねた。

「レコーディング会社の人間にも……? つまり、その人もお嬢さんを捜し求めていたということですか?」

「知りません。ですが、ここに来たことは事実ですよ」

「その人の名前を覚えていますか?」

「名刺があります。お知りになりたいのでしたら探してきますが……」

ジムナール・シェスは明らかに迷惑《めいわく》そうだったが、マクルーハンはかまわずに言った。

「ぜひ、教えてください」

ジムナール・シェスは立ち上がると、チアキ・シェスに言った。

「さあ、おまえは部屋に戻りなさい」

綾部とマクルーハンの持ち時間は切れたのだ。ジムナールは、チアキを連れてリビングルームから出て行った。

しばらくすると、名刺を持って戻ってきて言った。

「これです。名刺は差し上げます。私たちには必要のないものですからね」

名刺を差し出したまま、ジムナールは座ろうとしなかった。二人は引き上げるしかなかった。


帰りの車の中で、マクルーハンはほとんど口をきかず考え込んでいた。綾部もチアキ・シェスの言ったことについて考えようとしたが、無駄だった。彼女の言ったことがほとんど理解できないのだ。

市ヶ谷に戻ると、綾部はマクルーハンに言った。

「彼女が救い主だと考えていいのですね？」

マクルーハンは驚いたように綾部の顔を見た。そこに綾部がいることに初めて気づいたような顔をしている。

ないか」

「何を言ってるんだ」

マクルーハンは出来の悪い生徒の相手をするように言った。「本人が違うと言ったじゃないか」

「彼女の言うことを信じるのですか?」

「疑う理由がない。彼女の言ったことはすべて考慮に値する」

綾部はため息をついてから言った。

「では、それを説明してほしいですね。残念ながら私にはまったく理解できませんでした」

マクルーハンはしばらく綾部を眺めていた。彼の眼に見下《みくだ》したような色があるような気がして綾部は面白くなかった。

彼は自衛隊に入った後に大学を卒業した。知的劣等感を持ったことはなかった。いや、実はそうではなく、知的劣等感を感じたくないがために大学まで進んだのかもしれない。つまりは劣等感を持っているということだ。その思いが、何気ないマクルーハンの眼差《まなざ》しを深読みしてしまうのかもしれなかった。

「いいだろう」

マクルーハンが言った。「私も、考えをまとめるために誰かの助言が必要だ。こっちへ来てくれ。二人で話をしよう」

マクルーハンは、自分のデスクが置かれた部屋の隅へ綾部を誘った。他のスタッフから離れており衝立《ついたて》で仕切られているので、落ち着いて話ができるスペースとなっている。

マクルーハンは机に向かって腰掛け、綾部はパイプ椅子《いす》に座った。

「まず最初に言っておく。私は敬虔《けいけん》なカトリック教徒だ。神を信じている。そして、神というものについて、ある時期真剣に考えたことがある。それは聖書に書かれている神のことだ」

綾部は肩をすぼめるしかなかった。

「私は神仏を信じているとは言えません。しかし、畏《おそ》れる気持ちはあります。神社や寺で神仏に対して失礼な行いをする気にはなれません」

「それは神を畏れていることだと解釈して話を始めよう。まず、彼女はいくつかきわめて示唆的なことを話してくれた。その一つについてはあの場で私が述べた。つまり、神は人間の無意識の領域にいるのではないかということだ。あのとき、私が言ったように、人間の無意識というのは、顕在意識《けんざいいしき》よりはるかに大きく、はるかに多くのものを内包している。そしてその無意識野はただ広いだけではなく、全人類とつながっている可能性がある。そこには人間のあらゆる邪悪なものと、あらゆる聖なるものが詰まっている。つまり、聖書で述べられているサタンと神が同居しているのだ。この考え方は聖書の研究とも一致する。聖なるものと邪悪なものは表裏一体を成しているのだ」

「人間の心が神を創《つく》り出したという話は納得できるかもしれません」

「神が人間の想像の産物だというような単純な話ではない。無意識の世界が、彼女の言う神の営みにつながっている可能性があるということだ」

「だから、それがわからないのです」

「チアキ・シェスは、すべての事柄が神によって用意されていると言った。人間はそれを選択していくのだと。だからこそ人間の選択という行為は崇高なのだと、彼女は言ったのだ」

「それはどういうことですか？　未来が決められているということですか？」

「少し違うな。未来は無数に用意されている。それを選ぶのは人間だということだ。そして、選択の総和が未来を決めていく」

そのとき、綾部は不意に思い当たった。

「彼女の話を聞いていて、ずっと不快な感じがしていたのです。その理由が今わかりました。彼女が言う我々の世界というのは、まるでビデオゲームのようじゃないですか。RPGゲームなどと一緒です。ゲームには幾通りかのストーリーが用意されていて、ユーザーはそれを選択して進んでいく。人生がまるでゲームであるかのような言い方をされて、私は不快だったのです」

「ゲームに似ているかもしれない。実際、人生なんてゲームのようなものだと考えている人間は多い」

「私はそう思いたくありません」

「そう。実際の世界はゲームとは違う。ゲームより不確定要素が多いし、選択肢が多様だ。

これは大きな違いだ。だが、もっと本質的に違うことがある。ゲームはリセットできるが、人生はそれができない」

「神もリセットしないのですか？」

「彼女の話によると、どうやらそうらしい」

「ソドムとゴモラの話はどうなんです？　神は街を滅ぼしたのでしょう？」

「チアキの話を聞いていてわからなかったのかね？　それを選択するのは人間だ。彼女はこう言った。神の営みによってあらゆる可能性が用意されている。ソドムとゴモラも、人々が違った選択をすれば、違った結果になっていたかもしれない」

「その考え方は、仏教でいう自業自得《じごうじとく》というのに似てますね。つまり、自分のやった行いは必ず自分に返ってくるという考え方です」

「仏教はすぐれた哲学だから、そういうことを洞察していたのかもしれない。世界中の宗教は同じことを述べているのかもしれないんだ。民族性によってその表現の仕方が異なるがね」

「その同じこととというのは、どういうことなんですか？」

「チアキ・シェスはこう言った。私たちは神の影を見ているに過ぎない。地を這《は》う虫が人の影だけを見ているように、と」

「たしかにそう言いました」

「そして、神の世界というのは、人間の世界と別にあるのではなく、人間の世界を内包しているのだとも言った」

「そんな話もしているか気づかないかね？」

「何の話をしていましたね」

「さっぱりですね」

マクルーハンは、悪戯《いたずら》っ子のような笑《え》みを一瞬のぞかせた。綾部は、彼のそんな表情を初めて見たので意外な感じがした。

マクルーハンは言った。

「君は物理学をどの程度勉強している？」

「物理ですか？　高校で学んだ程度ですね。力学とか電気とか……。オームの法則にフレミングの法則……。まあ、あらかた忘れましたが……」

「初歩的な勉強しかしていないということだね。では、アインシュタイン以後の知識はないと考えていいな」

「それが、チアキ・シェスの話と何か関係があるのですか？」

「おおいにあるね。彼女は、次元の話をしたのだ」

「次元……？　三次元とか四次元の話ですか？」

「そう。もちろん、彼女はそんなことは自覚していないだろうがね。彼女はおそらく感じたままを話しただけだ。それが、最近の物理学の考え方に合致している」

綾部は、眉根《まゆね》に深く皺《しわ》を刻んでいた。神の話と物理学がどう結びつくのか皆目《かいもく》わからない。心理学との結びつきならおぼろげながら理解することはできる。神と人間の心は深く結びついているはずだと思うからだ。

綾部はマクルーハンの説明を待った。マクルーハンは考えを整理するようにしばらく間を取ってから言った。

「チアキ・シェスの言う、神の営みというのは、私たちが住んでいる三次元より上の次元の話なのかもしれない。彼女は、神の営みが人間の世界を内包していると言った。これは、我々三次元の世界がテレビや映画などの二次元の世界を内包しているのと似ている。そして、二次元はもちろん、点や線の一次元の世界を内包している。彼女が言った譬《たと》えはきわめて示唆的だったよ。つまり、地を這う虫が人間の影しか見られないように、人々は神の影しか見られないと言ったのだ。これは、二次元の住民は三次元の存在の影しか見ることができず、我々三次元の住民は同様に四次元の存在の影しか見られないことを物語っている」

「四次元の影……？」

「そう。実にわかりやすいアナロジーだ。そして、神はすべてを用意していて人間はそれを選択していくだけだというのも、それを示唆している」

「申し訳ありませんが、おっしゃっていることが理解できません。どうしてそれが次元の話になるのですか？」

「君は次元というのが何か知っているか？」

「一次元はX軸だけ。二次元はそれにY軸が加わります。そして、三次元になるとさらにZ軸が加わる。つまり立体を表すということです。でも、四次元というのがわかりません」

「そう。我々は三次元の住人だから、それを実感することは難しい。だが、数学者はそれを表すことができる。四次元というのは、X軸、Y軸、Z軸それぞれに直角に交わる一本の線を加えるのだ」

「それは不可能ですよ」

「我々の三次元の世界では不可能だよ。だが、数学的には可能だ。虚数$i$を代入《だいにゅう》することによって、その三次元モデルを仮想することもできる」

「わかりやすく言ってください。さっきも言ったように、私は物理の基礎の基礎を学んだに過ぎません」

「つまり、四次元というのは三次元に時間を加えたものだ。そこから時空という考え方が生まれる」

「時空ですか?」

「そう。我々は三次元の世界で暮らしているから、時間はただ一定方向に一定の速度で流れているようにしか認識できない。つまり、我々は時間をたどることができない。しかし、もし、四次元の住民がいたなら、私たちが旅行をするように時間を行き来できるのかもしれない。そして、我々が身の回りを三次元的に理解できるように、時間の前後をも認識できるかもしれない。その考え方は、チアキ・シェスが言った神の営みの説明と驚くほど一致するのだ」

綾部は必死で頭の中でそれを想像しようとした。しかし、無駄な努力だった。それを見抜いたように、マクルーハンは説明した。

「我々も次元を一つ減らすことでそれに似たような経験をすることができる。機械の助けを借りてね。つまり、ビデオだ。通常はビデオは一定方向に一定の速さで流れていく。我々が普段認識している日常の時間と同様に。しかし、ビデオは早送りもできるし一時停止もできる。巻き戻しもできる。四次元の住人というのは三次元の世界をそのように認識できるのかもしれない」

そう言われてもぴんとこなかった。

「ビデオはカセットに録画してある世界の話です。そのきわめて限定された時間の中を行き来できるだけのことです。実際の世界とは違うでしょう」

マクルーハンは、どこかうれしそうな顔でうなずいた。

「いいところに気づいたな。君は見どころがある。そう。ビデオはたしかに、録画されたものだけを行き来できる。つまり、行き来できる部分は最初から用意されているわけだ」

綾部は、気づいた。そして、チアキ・シェスの言葉によってマクルーハンが何を考えているのか、ようやくおぼろげながら理解できてきた。

「つまり、それと同様に四次元の住民から見れば、私たち三次元の出来事というのはあらかじめ用意されているということですか？　神がすべてを用意しているというのはそういうことですか？」

「ビデオとは違う。さきほど君が言ったビデオゲームのほうがそれに近い。つまり、ビデオはストーリーが一つだが、時空というものはストーリーが一つではないのだ。そこで、選択というものが重要になってくる」

「だから、彼女は選択が崇高な行為だと言ったのですか？」

「私にはそう思える」

「しかし、選択などというのは、日常やっていることです。今日は何を着ようか、昼に何を食べようか、今日は誰と会おうか……。それが崇高な行為ですか？」

「選択が世界を作っていくと考えたら、崇高な行為だというのもうなずけるのではないか？」

「たしかにゲームでは、選択することによってその先のストーリーは変わっていきますね」

「実際の世界はもっと複雑なはずだがね。その複雑さがゲームと現実の違いだ。リセットができないきわめて複雑なゲーム。それがこの世界なのかもしれない。君がチアキ・シェスの話を聞いてぴんと来なかったのも無理はない。実は、私は時間と空間に関する興味深い説を知っており、そのおかげでチアキ・シェスの言っていることが理解できたのだ。つまり、彼女が言っていることは、その理論と一致していたのだ」

「それは物理学の理論ですか?」

「正確に言うと、天文学者であり実験哲学者であるフレッド・ホイルという人物の説だ。それは『時間の仕切り棚と宇宙の郵便配達人』という呼び名で知られている。簡単に言うと、時間は流れているのではなく、ある瞬間瞬間に過去と未来が認識されているに過ぎないという理論だ」

「それはいったいどういうことですか?」

「いいかね? 四次元の世界というのは、三次元に時間を加えたものだと言った。それは時空という言葉で表される。さて、一台の車がハイウェイを走っているとする。その車がどこにいるかを知るためには、時間を特定する必要がある。つまり、何日の何時何分にはどこにいるか、というふうに考えなければならない。しかし、四次元空間ではそれは意味はない。車の移動した足跡、そして移動するであろう行き先がすべて存在していることになる」

「よくわかりません」

「フレッド・ホイルはそれを理解するためにひとつのアナロジーを考え出した。彼は、こう言った。すべてはあらかじめ存在している。かつて存在したもの、そして、これから存在するものも……。時が流れて、歴史が刻まれていくというのは、われわれの認識に過ぎないというわけだ。つまり幻想だというのだ。彼はそれを説明するために、郵便局にあるような仕切り棚を考えた。無数にある仕切り棚だ。それぞれの棚は他の棚についての一連の情報を持っている。そして、それぞれの棚は互いに区別するためにある順序で番号がふってある。想像してみてくれ、いいかね?」

綾部は何とかそれを想像しようとした。無限の高さと幅を持つ無数の仕切り棚。

「その棚の前に『宇宙の郵便配達人』が立っている。彼は、ある棚はそれ以降の番号の棚の情報をたくさん持っているが、それ以前の棚の情報をあまり持っていないことを知っている。つまり、『宇宙の郵便配達人』がのぞく棚が現在であり、そこに書いてある確かな情報が過去であり、曖昧な情報が未来だということにする。フレッド・ホイルは、この『宇宙の郵便配達人』は我々の意識のスイッチだという。『宇宙の郵便配達人』がある棚をのぞき込んだ瞬間に意識のスイッチが入る。その瞬間に過去と未来を認識する。だが、この『宇宙の郵便配達人』は順番に棚をのぞいていくわけではない。どこをのぞくかわからない。しかし、その瞬間に我々の意識のスイッチが入るので、我々は不自然を感じず、過去・現在・未来を認識する。あたかも時間が一方向に一定に流れているかのように」

「ちょっと待ってください」

綾部は頭の中を整理しようとした。

意識にスイッチが入った瞬間だけ、過去・現在・未来を認識している。それは理解できなくはない。しかし、本当にこの世界はそれだけで成り立っているのか……。

「私の意識だけでこの世界が動いているということなんですか?」

「あなたの行動も、さきほど言ったハイウェイの上の車と同じように、四次元の中ではすべての行動の連続としてとらえられる。すべての行動がすでに存在しているのだ。それをどの時点で意識するかということになる」

すべてが連続として存在するというのがなかなか実感できない。だが、無理もない。綾部は三次元の世界だけを実際の世界と感じて生活してきたのだ。時間は、意識などに関係なく流れていく。眠っていようが、仕事に追われていようが、ぼうっとテレビを見ていようが時間は流れていく。そして、それが逆戻りすることはない。それが、綾部の感じている世界だった。しかし、時空というのはそういうものではないらしい。すべての動きが連続として存在しているという。三次元の人間はその断片を見ることしかできないのか……。

理解するのに苦労している綾部を見かねたように、さらにマクルーハンは言った。

「『時間の仕切り棚と宇宙の郵便配達人』のアナロジーを、さきほど言ったビデオで考えてみよう。ビデオカセットにはすべての映像が用意されている。そこに物語のすべては存在している。ビデオデッキに入れて再生のボタンを押した瞬間にその物語が動きだす。我々が認識する現在というのは、再生されている画像だ。いったん、ストップして早送りして、また再生してみよう。それでもストーリーは何事もなかったように過去からの連続として流れ続ける」

「すべてが用意されているということは、実感はできませんが、何とか理解はできました。すると、我々はあらかじめ用意されたストーリーを認識していくだけなのですか？　未来が定められているという意味なのですか？」

「すべてが用意されているといっても、そのすべてを我々が体験するわけではない。『宇宙の郵便配達人』がどの棚をのぞくかはまったく決まっていない。彼がのぞかない棚もまた無数に存在する。ビデオゲームで、用意されたストーリーがいくつかあっても、それをすべて体験するわけではないだろう。それに似ている。そして、『宇宙の郵便配達人』がどの棚をのぞくかということは、選択ということに深くかかわっている」

マクルーハンは、自ら論点を整理するように間をとった。「そして、これからがチアキ・シェスが言った二つ目の要点だ。彼女は、選択が崇高な行為だと言った。いいかね？　選択というのは作為的にも行われるが、無作為にも行われる。ここからの話は、さらにあなたを混乱させるかもしれない」

「話してください」

綾部は半ばあきらめの境地で言った。「聞くだけは聞いておきたい。今理解できなくても、いつかは理解できるかもしれません」

マクルーハンは、学生を相手にするように鷹揚《おうよう》にうなずいた。

「これから話す説は、最初キース・マーローという人物がSF作品で発表したものだ」

「SFですか。物理学の学説ではないのですね」

「しかし、その後、多くの物理学者や数学者が注目し支持している」

「どのような話ですか？」

「あなたが何かを選択する岐路《きろ》に立つとする。当然、あなたはどちらかを選び、その結果を受けいれることになる。そうだな。例えば、二人の女性がいて、どちらと結婚しようかと悩んでいるような状況だ。あなたはどちらかを選んで、その女性との生活を始める。しかし、キース・マーローによると、別の女性を選択したあなたもいて、その別の女性と新しい生活を始めているのだ」

「どういうことです？」

「量子物理学ではごくあたりまえのことだがね、何かを選択しようとしたあなたは、その次の瞬間に、どちらをも選択したし、また同時にどちらをも選択しなかった曖昧な状態で表されるわけだ。これは量子物理学の世界ではシュレーディンガーの猫というアナロジーで語られる。そして、その状態を表すのが、ハイゼンベルクの波動方程式と呼ばれるが、まあ、それは知らなくてもいい」

「どちらかを選択した私は現実には確かに存在しますよ」

「だが、それはあなたがそう認識しているだけだ」

「また、認識ですか？」

「そう。認識こそが四次元と三次元をつなぐ鍵《かぎ》なのだ。選択したとき、あなたがどちらにいるかは、認識次第だ。つまり、あなたが何かを選択したとき、宇宙が二つに分かれて同時に並行して存在するようになる。あなたはもう片方のあなたを認識することはないし、同時に向こうもこちらのあなたを認識することはない。それがキース・マーローの説なのだ。パラレル・ユニバース、またはパラレル・ワールドと呼ばれる考え方だ。さきほど話したフレッド・ホイルもパラレル・ユニバースを受けいれていた。物理学者たちがその考えに注目するのには理由がある。ごく小さな粒子の世界では、実際にそれを暗示するような現象が起きるからだ。細い二本のスリットが入った板に向かって何かの波をぶつけるとその向こう側では波の干渉《かんしょう》が起きる。つまり、二本のスリットによって波が二つに分けられ、それが互いにぶつかり合うからだ。しかし、それが小さな粒子である電子でも同じことが起きる。それは一個の電子が二つに分かれたとしか考えられない現象だ。そして、我々の世界というのは量子の振る舞いの総和なのだ」

またしても、想像を超える世界の話だ。もはや綾部は、そういうものなのだと考えて話を聞いているしかなかった。

「何かを選択するたびに世界が分かれていくというのですか」

「そういうことだ。数式の世界でその考えをサポートした人たちもいる。一九六〇年代にピッツバーグ大学のE・T・ニューマン、T・W・J・アンティー、L・A・タンボリーニは、アインシュタイン方程式のある解《かい》を発見した。アインシュタインの方程式のさまざまな解は、それまでにいろいろな物理学的な事象を予言していた。例えば、シュバルツシルト解と呼ばれる解は、ブラックホールの存在を予言したし、ノルドシュトレーム＝ライスナー解と呼ばれる解は、電荷《でんか》を帯びたブラックホールを説明した。しかし、ニューマン、アンティー、タンボリーニの三人が発見した解はあまりに不思議なことを暗示していた。だから、彼らは自分たちの文字を取ってNUT解と名付けた。ナット、つまりばかばかしい解という意味だ。この解は、らせん状の世界を表しており、一回りすると別の世界にたどり着くような現象を暗示していたのだ。つまり、星の回りを一回りすると別の宇宙に行ってしまうような現象だ。本人たちも本気にしなかったこの解は、もちろん周囲からも相手にされず忘れ去られようとしていた。ところが、量子論の登場でNUT解のような不可解な考えが再び見直されることになった。ハイゼンベルクの不確定性理論は、さきほどちょっと触れたが、簡単に言えば量子の振る舞いは決して観察することはできずに、それは確率として表現するしかないという理論だ。不確定なもの、それが物理の本質だった。そうして、量子物理学によればNUT解のような不可解な解も容認されうると考えられるようになった」

話がますます難しくなり、綾部は完全にお手上げ状態だった。マクルーハンは、さっと肩をすぼめて言った。

「まあ、こうした理論を急に理解しろといっても無理だろう。だが、今ではパラレル・ユニバースというのはそれほどばかげたこととは考えられていないということだけは理解してもらいたい。そして、チアキ・シェスが言った神の営みというのは、時空のあり方やパラレル・ユニバースという考え方と驚くほど一致している」

「あなたは心理学者でしたね」

「そう。心理学者の私がなぜ物理学に詳しいのかと訊《き》きたいのだろう。私は人間の無意識や潜在意識を専門としていると言っただろう。なぜ、私がそうしたものに興味を持ったかというと、超能力に関心があったからだ。そして、超能力者と呼ばれる人々はなぜか霊的な世界に強い関心を持っている。精霊の世界、つまり神の領域だ。そうしたものをうまく科学的に説明しようと思ったら、どうしても宇宙のしくみを理解していなければならない。そして、宇宙を理解するために一番合理的なのは物理学なのだ。量子物理学などの最新の理論を学んだ私は、それが次第に人間の意識の領域に近づいていることに気づいた。量子物理学と哲学が近づいていくことに早くから注目していた物理学者もいる。『タオ自然学』という書物を著したフリッチョフ・カプラなどもその一人だ。カプラは量子物理学が東洋哲学と一致していることを説《と》いている」

綾部は、何を信じればいいのかわからなかった。彼は役割を思い出すことで何とか現実に踏みとどまることができた。

「私には、チアキ・シェスが言ったことが真実なのかどうか判断はできません。しかし、あなたがそう信じるというのならそれに従いましょう」

「私は信じるよ。チアキ・シェスという存在はグループPの夢で予言されていた。そして、日本の超能力者の中にも同じような夢を見ている人々がいた。その一人がチアキ・シェスと関《かか》わりを持っていた。これは偶然ではない。人間の無意識がつながっていること、つまり集合的無意識論で説明がつく。夢が関与していることを見てもその可能性は強い。そして、チアキ・シェスが語った神の営みの中に、グループPの夢で予言されているカタストロフィーを回避するヒントがあるような気がする」

「どうやって回避できるというのです？」

「その方法はまだ私にはわからない。だが、手がかりはある」

「手がかり？」

マクルーハンはポケットから名刺を取り出した。ジムナール・シェスが彼に渡した名刺だった。綾部はそれを手にとって見た。『株式会社ミューズ・レーベル　代表取締役　飯島英明』と書かれてある。

マクルーハンは言った。

「その人物を訪ねてみようじゃないか」

11

「実弾がいるかもしれない？」

中根は、眉根《まゆね》に皺《しわ》を寄せて飯島の顔を見つめた。「何だ？　どういうことだ？」

「引き抜きということになるかもしれないんだ」

「引き抜きだって？」

中根は、とんでもないというふうにかぶりを振った。「トラブルはごめんだぞ」

「いい素材なんだ。俺《おれ》は久しぶりに血が熱くなったよ」

「何もすでにデビューしているタレントをうちでやることはない。私はおまえに、新人を期待していたんだ」

「これまでCDを出したことはない」

「これからの素材ということか? ならば引き抜きは難しいだろう。プロダクションはすでに先行投資をしているだろう。これからそれを回収するつもりでいるはずだ」

「相手は芸能プロダクションじゃない」

「じゃあ何だ?」

「AVだよ」

中根はぽかんと口を開けて飯島を見つめた。開《あ》いた口がふさがらないというやつだ。中根が何か言う前に飯島は言った。

「言いたいことはわかっている。だが、まれに見る逸材だ。俺は必ずスターにできる自信がある」

「ちょっと待て」

中根は本気で慌《あわ》てていた。「何だ、それは。おまえは何を言ってるんだ? 私は耳がおかしくなったのかな? おまえがAV女優を引き抜いてきて、CDデビューさせようとしているように聞こえるんだがな」

「AV女優というのとはちょっと違う。もともとグラビアモデルで、三本ほどAVを撮《と》っただけだ。今は活動を休止しているらしい。AVを撮った直後に活動を止《や》めた。これは俺たちにチャンスがあるかもしれない」

「AVに出たことは事実なんだろう？　だめだ、そんなのは。一般に受けいれられるはずがない。せいぜい、深夜のお色気番組に売り込むしか手はないじゃないか」

「AVの業界から一般の芸能界にステップアップするのはほとんど不可能なことは、俺だってよく知っている。だが、この素材は別だ。きっと、大衆に受けいれられる」

中根はうんざりしたようにかぶりを振った。

「おまえ、どうしちまったんだ？　長い間現場を離れていたんで、常識ってものを忘れちまったのか？　それとも、正攻法じゃ埒《らち》があかないと見て、奇《き》をてらうつもりか？」

「そうじゃない。本当にいい素材なんだ。おまえも一目見ればわかる」

「見る必要はない」

中根はぴしゃりと言った。長年の友人の顔ではなく、経営者の顔をしていた。「そんなものは認めるわけにはいかない」

「すべて俺に任せると言ったはずだ」

「事によりけりだ。よりによってAV女優なんて……」

飯島はポケットから中根が書いた念書を取り出した。

「おまえの判が押してある」

「だから、それはおまえがごく普通の仕事をすることを前提としてだな……」

「俺は俺の仕事をしている」

「とにかく、認められない。別の子を探すんだ」

「できないな。そして、前にも言ったが、これがうまくいかなかったら、俺をくびにしてくれていい。いや、成功しなかったら、俺のほうから辞表を出す」

「何と言われても、そんな子の引き抜きに金は出せない」

飯島は中根を見据《みす》えた。ある程度は予想していた成り行きだ。

「そうか」

飯島は言った。「ならば、うちの社で都合するしかないな」

「よせ。私は本気で言ってるんだ。そんな子の面倒は見られない」

「うちで面倒を見るよ。ミューズ・レーベル所属のタレントにしたっていいんだ」

「私がおまえに頼んだのは、うちの新人タレントだ」

「そうか？　俺はアイドルを探せと言われただけだ」

飯島は立ち上がると、驚きと怒りで言葉を失った中根に背を向け、さっさとナカネ企画の社長室を後にした。

売れりゃ、てのひらを返したようになるのはわかりきっていた。それを承知ですべてをひっかぶろう。飯島はそう腹をくくった。

中根の言っていることは正論なのだ。常軌《じょうき》を逸《いっ》しているのは飯島のほうだ。それは充分に自覚していた。

曽我は飯島とともに、指定された二時きっかりに、コズミック・エンタープライズを訪ねた。神楽坂にある雑居ビルに入居しており、ビデオ制作だけではなく、雑誌の編集もやっているようだ。AVの宣伝を兼ねた成人向け雑誌の編集をやっているのだ。

AVのプロダクションと聞いて、うさん臭い雰囲気の事務所を想像していた曽我は、その近代的で明るいオフィスに驚いた。

それぞれのデスクの上にはパソコンが並んでいる。内装は黒で統一されており、棚には整然とビデオのパッケージが並んでいる。

曽我は、電話で話をしたマネージャーの名を告げた。篠崎《しのざき》という名だった。

現れた男は、コットンパンツに紺色のブレザーを着て、ノーネクタイだった。見かけはすっきりとしている。だが、その眼《め》にはどこか陰《かげ》があるような感じがした。年齢は曽我とそれほど違わない。三十歳前後というところだろう。だが、妙な貫禄《かんろく》があった。

「こちらへどうぞ」

曽我と飯島は別室に案内された。十人ほども座れる応接セットがあった。柔らかそうな革張《かわば》りのソファが並んでいる。

曽我と飯島はそこに座るように言われた。二人が腰を下ろすのを待って、篠崎も座った。すぐに女子社員が茶を持ってきた。もしかしたらアルバイトかもしれないと曽我は思った。AV関係の会社にも女の子がいるのだな、と妙なことに感心してしまった。

「お互い忙しい身ですから、余計な挨拶《あいさつ》ははぶかせてもらいます」

篠崎が言った。その口調も妙に落ち着いている。「何でも池沢ちあきをCDデビューさせたいとか……」

飯島がこたえた。

「その話は本人に直接したいのですが……」

「ミューズ・レーベルというのは、ナカネ企画が作った原盤制作会社でしょう? つまり、ちあきをナカネ企画に引き抜くということですか?」

「ナカネ企画は今のところ関係ありません。あくまで、ミューズ・レーベルの仕事です」

「だが、いずれナカネ企画がマネージメントをするということになるのでしょう?」

「私は池沢ちあき本人と話がしたいと言っているのです」

曽我はひやひやしていた。表向きは静かだが、きわどい話をしているのだ。

篠崎はふと押し黙り、飯島を見つめていた。二人は二十歳ほどの年齢差がある。この業界の経験にも差がある。にもかかわらず、篠崎は平然としていた。

彼は、やがて言った。

「いいでしょう。本人のところにご案内しましょう」

篠崎は立ち上がり、曽我と飯島のほうなど見ずに戸口へ向かった。

篠崎は、車で曽我と飯島を飯田橋にある病院に連れてきた。曽我はわけがわからないが、それは飯島も同様のようだった。

篠崎は何も言わず、ある病室に二人を案内した。個室だった。飯島は戸口で立ち尽くしている。飯島の後ろに立っていた曽我はその肩越しにベッドにいる人物を見ることになった。

池沢ちあきだった。

「ちょっと神経を病んでいましてね」

篠崎が言った。「医者は神経症だと言っているんですが……」

曽我は、その後に篠崎がなにを言おうとしたのか気になった。飯島が言った。

「彼女と話をさせてもらえますか？」

「私もここにいさせてもらいますよ。彼女が心配ですからね」

飯島は病室の中に入り、池沢ちあきに話し掛けた。

「初めまして。私はミューズ・レーベルの飯島といいます。あなたのビデオを見て関心を持ちましてね」

池沢ちあきは、まっすぐに飯島のほうを見ていた。まったく悪びれた様子がない。その眼差《まなざ》しには毅然《きぜん》としたものが感じられる。最近どこかで同じような印象を受けたような気がした。

チアキ・シェスだ。容貌《ようぼう》はまったく似ていない。だが、どこかチアキ・シェスに通じる印象がある。曽我はそれを不思議に思った。

「私と一緒に仕事をする気はありませんか？」

唐突な言い方だった。誰だって突然現れた男に、こんなことを言われたら戸惑《とまど》うはずだ。

しかし、池沢ちあきはまったく迷う様子なく言った。

「いいえ。私は誰とも仕事をするつもりはありません」

「あなたには才能がある。そして神に恵まれた容貌を持っている。それを生かさないのは罪悪ですらある」

「私はもう充分に働きました」

「まだまだあなたの才能を表しきったとはいえない」

曽我ははらはらしながら篠崎のほうを見ていた。篠崎たちが池沢ちあきの才能を生かしきっていないという意味に取れる。だが、篠崎は無表情だった。

「ここにいて、じっとしているのが私の幸せなのです」

「そんなはずはない。あなたの演技を見ればわかる。あなたは、このままで終わる人じゃない。いいですか？　日本中にデビューを夢見ている少女たちがいる。その才能と恵まれた容姿をもったいないとは思わないのですか？」

「私はここから出るつもりはありません」

曽我はこれでこの話は終わりだと思った。本人が断っている。説得しようにも相手が入院しているのだから仕方がない。

飯島もあきらめるだろうと思った。

「これまで、あまりいいことがなかったのかもしれない。しかし、すべてはこれからだ。私が責任を持つ」

池沢ちあきは言った。

「そういうことじゃないんです。もう仕事ができてもできなくても関係ないんです」

「どういうことです？」

「どうかこのままでいさせてください」

彼女はつらそうに言った。ひどく疲れているように見えた。神経症というのはどういうものだろう。曽我は考えた。彼も疲れたときには人に会いたくなくなる。それが日常的に続くとしたらたしかにつらいはずだ。

だが、飯島はさらに言った。

「あなたにも事情はあるだろうが、こちらにも引けない事情があります。私は今度の仕事にこの首を懸《か》けているんです」

曽我は驚いた。

まさか本気じゃないだろうな。説得するための方便に違いない。だが、首を懸けているという言い方はたしかに尋常ではなかった。

「私には関係ありません」

「そう。あなたには関係ありません。ですが、あなたの決心が、一人のくたびれた中年男を救うことになるかもしれないのです。そこのところをよく考えてください」

何を言っても無駄に決まっている。曽我はそう考えていた。

しかし、そのとき池沢ちあきは、奇妙な反応を見せた。飯島から眼をそらして窓の外を眺めようとしていたのだが、その視線をはっと飯島に戻した。

曽我には彼女が飯島のどの言葉に反応したのかわからなかった。

池沢ちあきは言った。

「私があなたを救う?」

「そうです。きっとあなたは私を救ってくれる」

まるで彼女はその言葉におびえているようだった。曽我にはその理由がまったくわからない。見る見る彼女の顔色が悪くなっていった。彼女の中で緊張が高まるのがわかる。

その変化は劇的ですらあった。

飯島も驚き、何を言っていいかわからない様子だ。

「どうやら、ここまでのようですね」

篠崎が言った。それは抗《あらが》いがたい口調だった。そのほうがいいと曽我も思った。

飯島は名刺を取り出した。

「よく考えて、気が変わったらここに電話をください」

曽我は篠崎が何か言うのではないかと、気になって仕方がなかった。しかし、結局篠崎は何も言わなかった。

飯島はベッドの脇《わき》を去りかけて、一瞬逡巡《しゅんじゅん》した後に言った。

「私は何かに導かれて、あなたに会いに来たような気がします」

「導かれて……?」

す。しかし、その少女はこう言ったのです。あなたが探しているのは私ではない。そう、私もあなたに会ってそれを実感しました。私が探していたのは、間違いなくあなたです」

池沢ちあきは、何も言わなかった。彼女は蒼《あお》い顔をして飯島を見つめている。ますます緊張の度合いを増しているようだ。おびえきっているように見える。

飯島はようやく、戸口へ向かった。曽我はなぜかほっとしていた。

病院を出ると、ずっとうつむいて何事か考えていた篠崎が言った。

「本気なんですね？」

飯島は篠崎のほうを見ずに言った。

「冗談でこんなところまで来るものか」

曽我はそっと篠崎のほうを盗み見た。篠崎はさっと飯島を一瞥《いちべつ》すると、また目を伏せた。

「私もそう思いますよ」

篠崎がぽつりと言った。

「何が？」

飯島が尋ねた。

「いや、ちあきの才能の話です。ヌードグラビアやＡＶだけで終わっちまうには惜しいと、私も思いますよ。それは、現場をやっている私らが一番よくわかっている。ちあきも、十代の頃は、よく女優になりたいなんて言っていました。でも、今じゃそんなことは考えていません。見たでしょう？　すっかりやる気をなくしちまった……。生きることをあきらめちまったみたいだ」

「誰かが本気になってやらなければならないんだ」

篠崎は再び、さっと飯島を見た。その眼にはけんがあるように感じられた。だが、やはりすぐに眼を伏せてしまった。

「彼女も言ってましたがね……。そんなんじゃないんです。彼女は、うちの事務所程度が一番居心地がよかったんですよ」

「居心地がよかった？」

「妙な子なんですよ。私ら、ずいぶん助けられたんですがね、それが本人の気に入らないらしい」

曽我はすでに精神的にひどく疲れていた。一刻も早く、会社に引き上げたかった。しかし、飯島は、篠崎の話を聞きたがっているようだった。

「そりゃあ、いったいどういうことですか？」

篠崎は、意味もなくあたりをさっと見回した。人に聞かれたくない話だということを知らしめようとしているようだった。

「ちあきは自分が怖《こわ》いんでしょうな」

「自分が怖い？」

「その……、他人とちょっと違うところが……」

「何の話です？」

「私ら、ちあきに何度も助けられたことがあるんですよ。例えば、サイパンに撮影に行ったときのことです。成田で搭乗機《とうじょうき》のチェックインをしようとすると、突然、その飛行機はいやだと言いだしたのです。私ら訳がわからないから、彼女を叱《しか》りましたよ。まだ、ちあきが十九歳の頃のことです。しかし、彼女は譲らない。仕方なく、次の便にしたんです。一部のスタッフだけその飛行機で先乗りしました」

篠崎は、様子をうかがうように飯島と曽我の方を見た。飯島は何も言わずに、篠崎に先を促《うなが》している。篠崎は、少しばかり照れたような様子を見せた。

「その飛行機が、落っこっちまいましてね……。先乗りスタッフは全員死亡です。それが最初でした。私らも驚きましたがね、ちあきはえらいショックを受けまして……。おまえのせいじゃないと何度も言い聞かせたんですが……」

「それが最初と言いましたね？」

「ある時、喫茶店で待ち合わせをしたんです。表参道にあるオープンカフェスタイルの喫茶店です。彼女はなかなか現れない。すると携帯に彼女からかかってきて、そこには行かないと言う。別の喫茶店にいるから、そこに来てくれと言うんです。腹が立ちましたが仕方がない。私は移動しましたよ。その直後、暴走車が待ち合わせていた喫茶店に突っ込んだんです」

篠崎は、飯島の反応を探《さぐ》るように顔を見つめた。飯島は言った。

「それは偶然じゃないんですか？　そういう偶然を経験した人は幾らもいる」

「まだあるんです。スタジオ撮影の日、どうしても行くのがいやだと言い出す。そうなると、こっちも気味が悪くなります。雑誌社に事情を話して時間をずらすわけです」

「何か起きたのですか？」

「火事ですよ。小火《ぼや》でしたがね」

「つまり、彼女は、災害や事故を予知《よち》しているというのですか？」

「夢を見るようですね」

「夢？」

「俗に言う、正夢《まさゆめ》というやつですか？」

篠崎はさっと肩をすくめた。「まあ、信じられないでしょうが、そういうことも世の中にはあるんです」

飯島は言った。「それは、正夢と言うより、予知夢と呼ぶべきでしょうね」

「信じますよ」

そうだった……。

曽我は思った。社長は、こういう話が好きだったのだ。

篠崎は曖昧《あいまい》にうなずいた。

三人は、駐車場の篠崎の車のところまでやってきた。篠崎は、飯島と曽我の顔を交互に見て言った。

「ちあきは、かつてタレントにあこがれる少女でした。でもね、だんだん仕事ができなくなってきたんですよ。タレントの仕事って、移動や旅が多いでしょう？　学生の時のように決まったところを行き来しているわけじゃない。それで、神経が参ってきましてね……。この仕事を始めてから、他人と自分の違いをいやというほど思い知らされたんですね。メジャーな仕事をすればするほどそういう思いをする機会は増えるでしょう。だから、彼女は私らの事務所を居心地よいと考えたのです。これまで彼女はごく限られた仕事をしてきました。グラビア中心でしたが、媒体《ばいたい》は限られている。そう、エロ本ですよ。しかし、メジャーなタレント活動を始めたら、テレビ、ラジオ、雑誌から地方のイベンターまで、それこそいろいろな人に会わなければならない。彼女にはそれが耐えられなくなってきたんです」

「だからといって、AVに出すことはない」

篠崎は、飯島を睨《にら》んだ。その眼にはやはり、年齢にふさわしくない凄《すご》みがある。

「うちは、AVのプロダクションですよ。うちに所属しているからには、いつかはそういう仕事もやらなければならない。グラビアで幾ら人気が出ようが金にはならない。そんなことは知っているでしょう」

篠崎は少しばかり興奮しているようだった。さっと目をそらして下を向くと、彼は自嘲《じちょう》じみた笑いを漏《も》らした。

それから、おもむろに飯島に視線を戻すと言った。

「そう。私は個人的には、あんたと似たような考えです。彼女には才能がある。でもね、うちの事務所だって稼《かせ》がなければならない。私らだって食っていかにゃならんのです」

「彼女次第ですね」

飯島は言った。「彼女は今日、チャンスをものにした。今のままで終わるか、ステップアップするかは、彼女の覚悟次第というわけです」

「あんたならそれができると言いたいんですか？」

「やらなきゃならんのです。彼女のためにも。私自身のためにもね……」

「たしかに、彼女は今のままでは、仕事にならない。うちとしても、快く送り出してやりましょうと言いたいところなんですが……」

「金なら多少は用意できますが……。そうAV一本分の出演料くらいならお払いできますよ」

「そんなもんじゃ済まんでしょうな」

篠崎の眼が座ってきた。この瞬間まで、彼はきわめて友好的に接してくれていた。それがどういう理由によるかは曽我にはわからない。たぶん、こちらの出方を窺《うかが》っていたのだろうと思う。

彼は少しずつ、本来の姿を見せはじめたのかもしれない。曽我はいやな気分だった。

飯島はひるまずに言った。

「こっちは金を払うと言ってるんですよ。誠意を見せてるんです。本来ならば、金を払う義理などないんです」

「ちあきはああいう状態だ。金を払ってまで引き取ってやるというのだから、ありがたく思えというわけですね」

「そうは言っていない。あくまで、誠意を示そうと言ってるんだ」

「どんな状態だって、ビデオは撮れるんです。本人がどんなに嫌がろうが、強姦《ごうかん》のビデオはできる。リアルな作品ができあがるかもしれない」

「そんなことになる前に、俺が彼女を説得して、うちに来させるよ」

「彼女は入院しているんです」

「それが彼女にとってベストとは思えない」

「いいでしょう。でもね、本人の意思を尊重してくださいよ。本人はあくまでも今のままがいいと言うかもしれない」

「もちろんです。ご心配には及びません」

「あ、それとですね。うちのような事務所になると、いろいろな連中と付き合いができましてね……。中には理屈の通らないようなやつらもいます。仁義だの義理だのにうるさい連中です。そういう人たちが何かご迷惑をおかけするようなことがないといいのですが……。いえね、もちろん、うちではそういうことのないように充分な配慮をさせていただきますが……、万が一ということもありますので、ご注意いただければ、と……」

「ご親切に、どうも」

飯島は篠崎を見据えながら言った。

「どこかまでお送りしましょうか？」

篠崎は車を指さして言った。

飯島はかぶりを振った。

「ここで失礼しますよ」

飯島は曽我に、行くぞと眼で合図した。曽我は、急に物騒な雰囲気になってきたので、慌てていた。

飯島が歩きだしたので、それに続いた。

背後から、篠崎の声が聞こえてきた。

「さっきも言いましたが、私は個人的には、あなたと同じ気持ちですよ。個人的にはね」

飯島は振り向かなかった。


帰りのタクシーの中で、曽我は飯島に尋ねた。

「篠崎さんが言ったの……、あれ、どういうことです？」

考え込んでいた飯島は、不意をつかれたように曽我のほうを見た。

「あ……？　何のことだ？」

「彼らの周囲には物騒な連中がいて、何をするかわからないから注意しろって……」

「そのまんまの意味だろう」

「そんな……」

「昔から、プロダクションの移籍問題にはやくざの暗躍が付きものだよ」

「だったら、何か手を打たないと……」

「夜はなるべく一人で出歩くな」

「それだけですか？」

「それだけだ。この商売はきれい事だけじゃやっていけない」

「警察に助けを求めるとか……」

「警察はガードマンじゃない。何か起きる前から面倒は見ちゃくれないよ。そんなことより、どうやって池沢ちあきをその気にさせるか、だ……」

もう、あきらめたらどうです？

喉《のど》まで出かかったその言葉をぐっと呑《の》み込んだ。

飯島は思案顔《しあんがお》で言った。

「池沢ちあきは、自分の能力を持て余しているんだ。何とかそのあたりのことに整理が付けば、気も変わるかもしれない」

曽我は驚いた。

「予知夢のこと、信じるんですか？」

「おまえは信じないのか？」

「篠崎さんがでっち上げた話だと考えた方が、筋が通りますよ。僕たちに手を引かせようとするために、妙な女の子だと思わせようとしたんです」

「ならば、逆効果だったな。俺は余計に興味を覚えた」

「世の中、社長みたいな人ばかりじゃないですからね……」

「何とか心を開かせる方法を考えなくてはな……」

「社長……、首を懸けているって、本当のことですか？」

「本当だよ」

「何もそこまで入れ込まなくても……」

飯島は曽我のほうを見た。叱られるかと思ってひやりとした。だが、飯島はほほえんでいた。

「おまえにはわからんだろうな。だが、俺はぎりぎりのところにいるんだ。若くはない」

「実績があるじゃないですか。業界内で顔も利《き》くでしょう」

「実績やコネなんて、何の役にも立たんさ。これから何ができるか。それが大切なんだ。若い頃には、自然にそう考える。だが、そう考えなくなる時期が来る。問題はそこだ」

「この仕事が大切なことはわかります。でも、池沢ちあきじゃなくてもいいでしょう」

「俺はおまえに負けたくないのかもしれない」

「僕に……？」

「おまえには、チアキ・シェスがいる。そうだろう」

飯島はまた笑顔を見せた。「俺は、池沢ちあきに惚《ほ》れたんだよ。さっき病室で会って、それを再確認した。AVにまで出た女が、どうしてあんな少女みたいな透明感を保っていられるんだ？　三流のタレントほど芸能界の垢《あか》にまみれるもんだ。だが、彼女にはそういうところがない。やっぱり逸材だよ」

飯島が本気だということがわかり、曽我は複雑な気分になった。意地になっているのではないか。ひょっとしたら、すでに飯島の感性は時代に合わないものになっており、本人がそれに気づいていないのかもしれない。

だが、その点について批判することなどできない。

曽我は口をつぐむしかなかった。

「神経症というのはどういう症状なのだろうな……」

独り言のような調子で、飯島が言った。

「さあ……。人に会いたくないのでしょう。おそらく、自分の中に閉じこもるんじゃないですか？」

「少なくとも、彼女は俺たちと話ができた。それほど重症とは思えないな」

「さあ、どうでしょう。神経の病気の辛《つら》さというのは本人にしかわからないと言いますからね……」

飯島はそれきり社に着くまで口をきかなかった。何かをじっと考えていた。曽我も沈黙を守った。

## 12

「ミューズ・レーベルの飯島という男に会って、何をどう話すつもりです?」

目黒区東山に向かう途中の車の中で、ハンドルを握る綾部が助手席のマクルーハンに尋ねた。

マクルーハンは、半ば眠っているようだった。身じろぎをしてから、彼はこたえた。

「すべてを話すさ」

「精神状態を疑われるだけですよ」

「どんなときでも、真実が一番説得力があるんだ。嘘《うそ》を並べたって、怪しまれるだけだよ」

「我々の身分についてはどう話すんです?」

「もちろん、本当のことを話すよ」

綾部は驚いた。

「情報局としては、なるべく秘密にしたいですね」

「なぜだね? 秘密にして何の得がある?」

「それはあなたも同様だと思ったのですが……。AAOは機密扱いじゃないのですか?」

「私は機密にした覚えはないよ。本気にする人間が少なかっただけだ。黙殺されたといったほうが正確かもしれない」

「軍は機密にしたがるんじゃないのですか?」

マクルーハンはうんざりしたような表情で言った。

「軍の連中の機密好きにはあきれるよ。何でもかんでも秘密にしたがる。だから、秘密にすべきこととそうでないことの区別がつかなくなる。他国のスパイに知られて困る情報などそうそうあるものではない。また、優秀なコンピュータ技師なら、どんなガードも破って軍のコンピュータに侵入して、あらゆる秘密を見ることができる」

「身も蓋《ふた》もない言い方に聞こえますね」

「それが現実だよ。私は自分の身分をはっきりと明かすし、何を目的として調査活動をやっているかも伝える。それが、結局は知りたいことを知る早道なんだよ」

マクルーハンがそう言うからには納得するしかなかった。

綾部は山手通り沿いのビルにある有料駐車場に車を入れ、名刺の住所と地図を頼りにミューズ・レーベルを探し当てた。

秘書らしい女性に、いちおう面会の予約は入れてあった。そのときは、プリンストン大学の心理学教授が会いに行くとだけ伝えていた。相手の女性は訝《いぶか》ったが、あれこれ詮索《せんさく》されることはなかった。

約束の時間は、午後の三時だった。約束より五分早くミューズ・レーベルに着いた。受付らしいカウンターもなく、部屋の中にほとんど人がいなかった。戸口で立ち尽くしていると、丸顔の女性が声を掛けてきた。部屋には彼女しかいない。

「綾部さんですか？」

「はい」

「社長がお待ちです。どうぞ」

部屋の奥にブースがあり、そこに案内された。

飯島というのは、癖《くせ》のありそうな男に見えた。音楽業界ということで、綾部のほうに先入観があるせいかもしれない。

マクルーハンの言うとおり、最初からすべてをオープンにしていこうと思い、彼は名乗った。

「私は陸上自衛隊の綾部と申します。こちらは、プリンストン大学教授で、アメリカ国防情報局、通称DIAの科学諮問《しもん》委員会のメンバーでもあるグレッグ・マクルーハン教授です」

飯島は、一瞬唖然《あぜん》とした顔で綾部とマクルーハンの顔を見つめた。無理もないと綾部は思った。誰だって、いきなり軍関係の人間に訪問されたら驚く。

「いったい、どういったご用件で……？」

たちまち、飯島は猜疑心《さいぎしん》に満ちた表情になった。これもまた、当然の反応だ。

「マクルーハン教授は、ある調査の目的で来日されています。その調査の一環として、あなたにうかがいたいことがあるのです。ここから、私は通訳をつとめますので、直接教授とお話しください」

　飯島はますます疑わしそうな眼《め》でマクルーハンを見た。

　マクルーハンはとても社交的とはいいがたい男だが、それでも精一杯の愛想《あいそ》笑《わら》いを浮かべて話しかけた。綾部は通訳に徹することにした。

「突然で驚かれたことと思います。まず、私が何を調査しているか、お話ししなければならないと思います。私は、心理学の専門家で、特に無意識、潜在意識について研究しています」

　それからマクルーハンは、十五分間にわたって話し続けた。内容は、初めて綾部に会ったときに説明したこととほぼ同じだった。

　話を聞いている飯島の表情の変化は、綾部をはらはらさせた。疑わしそうな顔は次第に不愉快そうな顔つきに変わっていった。眉根《まゆね》に深く皺《しわ》が刻まれる。

　グループPや、AAOについての説明を終えると、マクルーハンは飯島が理解しているかどうかを観察するように無言で見つめた。

　飯島が言った。

「この部屋にテレビカメラが仕掛けてあるんじゃないだろうな?」

　それを通訳すると、マクルーハンは怪訝《けげん》そうな顔でこたえた。

「私たちは、あなたを監視する必要など感じていません」

「そうじゃなくって、どっきりカメラか何かじゃないかと思ったんだ。日本にはそういうテレビ番組があるんだ」

マクルーハンはにこりともせずに言った。

「アメリカにもそういう番組はありますが、これはそういう冗談の類ではありません」

通訳をしながら綾部は絶望的な気分になっていた。こんな話をすぐさま受け入れる人物などいるはずがない。叩《たた》き出されるのが関の山だ……。

不機嫌そうな難しい顔のまま、飯島は言った。

「どうして、私のところへやってきたのだ？」

マクルーハンは、淡々と語った。

「日本で、予知夢を見たという人々にインタビューしているうちに、ある少女のことを知りました。私たちは、もしかしたらその少女が、アーマゲドン回避の鍵《かぎ》を握っているのではないかと考えました。しかし、その少女はこう言ったのです。あなたがたが探しているのは私ではない……」

「その少女というのが誰か当ててみようか。チアキ・シェスというネパールの少女じゃないか？」

「そう。私たちは、そのチアキ・シェスのところで、あなたの名前を知りました」

「なぜ私を尋ねてきたかという問いのこたえにはなっていないな」

「あなたも同じことを彼女に言われたのでしょう？」

「同じこと？」

「あなたが探しているのは私ではない、と……」

飯島はマクルーハンを睨《にら》むように見つめた。何かを考えているようだ。綾部にとってみれば、それだけでも奇跡に等しい。少なくとも、飯島はマクルーハンの話を聞き、何かを考えている。どうやって二人を追い出そうかと考えているのかもしれないが、まだそれを実行していない。

長い沈黙の後に、飯島は言った。

「そう。たしかに私はチアキ・シェスにそう言われた。しかし、それはあなたたちの考えているような意味ではないはずだ」

「あなたはどう解釈したのです？」

「私は、仕事で会いに行ったんだ。私の仕事はレコーディングだ。チアキ・シェスをスカウトに行ったんだ。だから当然、彼女の言葉は、デビューすべき人材は他にいるという意味だと思ったよ」

「それで、その後、チアキ・シェス以上に魅力的な少女は見つかりましたか？」

「少女じゃないが見つかった」

「なるほど……。では、チアキ・シェスが言ったことは実現したわけですね」

「だからといって、そのこと自体にそれほど意味があるわけじゃない」

「まあ、そうですね……。今度はこちらから質問させてください。どうやって、チアキ・シェスのことを知ったのですか？」

「私は新人を探していた。部下が、新聞記者からネタを仕入れたんだ。元クマリが日本にいる、と……。チアキ・シェスが元クマリだってことは知っているんだろう？　俺《おれ》は、学生の頃からクマリに興味を持っていた。クマリ祭を見にネパールまで行ったこともある。元クマリが日本にいると聞いて、是非とも会ってみたくなった。会ってみると、彼女はなかなか魅力的な少女だった。それで、デビューしないかと誘ってみたわけだ」

「そのとき、彼女は、例の台詞《せりふ》を言ったわけですね？」

「そういうことだ」

「あなたは、本当にそのときに他の意味を感じませんでしたか？」

綾部は、通訳をしながらため息をつきたくなった。世の中の誰もが神秘的な出来事を信じているわけではない。加えて、飯島は仕事でチアキ・シェスに会いに行ったのだ。何か別の意味合いなど感じるはずはない。綾部はそう思ったのだ。

だが、そのとき信じがたいことが起こった。

飯島は、意味ありげに笑ったのだ。

「実は感じたんだ」

「ほう……」

「俺は、そのことについて誰かと話し合いたいと思っていた。だが、話す相手がいなかった。へたをすれば、頭がおかしいと言われかねない話だ。だが、俺は今日安心したよ。俺よりずっと頭がおかしいんじゃないかと思える話が聞けた」

飯島は真顔に戻ると続けた。「どうやら、あなたは私と同じ種類の人間のようだ。俺の感じたことについて、心置きなく話せそうだ」

綾部は心底驚いていた。

マクルーハンは、真剣な表情でうなずいた。

「話してください。何を感じたのです」

飯島は、考えをまとめるためかしばらく無言で考えていた。やがて、彼は話し始めた。

「孫悟空《そんごくう》の話を知っているか？」

「孫悟空……。いえ……」

「西遊記という中国の物語があってな。猿の妖怪《ようかい》みたいなもんだ。孫悟空は、あまりの暴れん坊だったので、お釈迦様《しゃかさま》がこらしめに来る。孫悟空は雲に乗って全速力で逃げ出す。幾つもの山河を越え、ここまで来ればお釈迦様も追いつくまいと安心する。そのとき、目の前に五本の柱が現れる。邪魔な柱だ、と悟空は落書きをしたりするんだが、なんとその柱はお釈迦様の指だった。全速力で、幾山河を越えて逃げたと思っていたが、それはお釈迦様のてのひらの上を飛んでいたに過ぎない。そういう話だ。俺は、なんだかその孫悟空になったような気分だ。必死に何かを追っかけようとしている。自分の意志でやっているような気がするんだが、気が付いたらお釈迦様のてのひらの上で操られているような気がするんだ」

じっと飯島の話を聞いていたマクルーハンは、うなずいて言った。

「その猿の話は、心理学上たいへん興味深いですね。ある意味で私の研究分野にも合致します。人は無意識野からの無言のメッセージを受けてそれを行動に反映している。見方を変えれば無意識や潜在意識といったものに操られているとも言える。そして、フロイトはそこにリビドーを見たし、ユングは集合的無意識を見た。私は思っています。無意識こそ神の領域だと」

「そう。その神の話だ。チアキ・シェスは、いまだに、神の営《いとな》みと人間の社会の折り合いがつけられないというようなことを言っていた。俺は、それで彼女のことをあきらめようと思ったんだ。何というか……、彼女の神聖な作業の邪魔をしたくないという気持ちだったのかもしれない。彼女がまだ、神の世界を見ることができるのだとしたら、きっと俺のやることなどお見通しなんじゃないかという気がする。その彼女が、言ったんだ。俺が探しているのはチアキ・シェスじゃないってね。俺はそれを信じるしかない」

「チアキ・シェスはたしかに神の世界を見ているのかもしれません。私の考える神の営みに、彼女の言葉はすべて合致していました」

「あんたが考える神の営みというのは、何だ?」

「時空の住人の営み、つまり四次元の住人の営みですよ。チアキ・シェスというのは、それを認識する力があるのかもしれません。それが生き神としての役割ということなのかもしれません」

綾部は、これからまたあの長い物理学に関する説明が始まるのかと思い、うんざりする思いだった。だが、その必要はなさそうだった。飯島はマクルーハンの言っていることを理解しているようだった。

「なるほど……。空間に時間を加えた世界なら、すべてのことがお見通しというのも納得できるね。なんせ、任意の時間の空間をのぞき込むことができるのだからな」

「そう。そして、すべての出来事はあらかじめ用意されている。我々はそれを選択していくだけだ」

「それが本当だとしたら、それこそ釈迦の手の上の孫悟空だな……」

「それは違います。私たちはただ神の計画通りに行動しているわけではありません」

「あなたは、キリスト教徒？」

「そうです」

「ならば、神の預言が繰り返し現実となるということを知っているのでしょう。それは、神の計画通りに世の中が動いているという証明ではないのか」

「神の預言は聖書があるところだけで現実化します」

「それはどういうことだ？」

「神は人間の無意識や潜在意識といった深層にいるということです。キリスト教圏の人々は、何代にもわたって聖書を読み続ける。これはユダヤ教の人々も同様です。そして、旧約聖書に出てくる多くの預言者の言葉を幼い頃から教え込まれるのです。それはやがて集団としての規範になっていく。普段は忘れていても、その預言こそが正しいのだという逃れがたい価値観が形成されるのです。そして、知らず知らずのうちに人々は、預言を実現するように行動してしまう。意識してやっているわけではない。すべての行動というのは、細かい選択の積み重ねです。そして、人間は何かの選択をするとき自分の感情や欲望より、規範に従うことが多い。そして、無意識の働きかけというのは驚くほど強いのです。すでに共通認識となっている聖書の預言。それを、キリスト教徒たちが無意識のうちに実現していくのです」

「そんなことを言って、神罰は下《くだ》らないのか?」

「下るはずです。私自身の内面の葛藤《かっとう》としてね。私は神を信じている。つまり、無意識の中に聖書の教えが刻まれているのです。無意識に聖書の教えを信じようとする。しかし、私は科学者なので、真理の追求のためにそうした神のメカニズムまで理論化しなくてはならない。私の中で葛藤が起こり、それは有形無形で私に影響を与えます。たいていは、不安や恐れという形で現れ、そうした心理状態はしばしば自律神経に働きかけて実際の病気を招いたりする。だが、まあ、今のところ、私の使命感が勝っている。この使命感に免じて神が許してくれているというところでしょうか……」

「最近は終末論ばやりだが、何か影響があるのだろうか……」

「預言が現実のものになるということで言えば、チェルノブイリが話題になった。あの原発事故です」

「知っている。新約聖書、ヨハネの黙示録《もくしろく》に出てくる、ニガヨモギだな?」

「そう」

マクルーハンは、天井を見上げて諳《そら》んじはじめた。「……すると、天から大きな星が落ちて、たいまつのように燃え、川の三分の一と水の源の上に落ちた。この星の名はニガヨモギといい、水の三分の一はニガヨモギに変わり、水が苦くなったので、多くの人が死んだ……。チェルノブイリというのは、ロシア語でニガヨモギという意味らしい。あの原発事故が起きたとき、黙示録の預言が現実のものになったと話題になりました。聖書の記述は、放射能汚染を連想させます」

「俺もチェルノブイリという地名が持つ意味を知ったときは驚いたよ」

「だが、こうも考えられるでしょう。やはり、ロシア正教徒たちも代々聖書を読む。また、ロシアにはカトリック教徒もいる。共産党政権時代は宗教はかなり下火になったそうだが、歴史を考えれば、ロシアもキリスト教圏と言える。さて、あらたに原発をひとつ建設しようという話になった。原発は一大プラントだから、簡単に建設地は選べない。放射能などの危険性も高い。いくつかの候補地があったに違いない。その中にチェルノブイリがあった。人々の心の奥底に、原子力発電所に対する恐怖というか、気味の悪さがあったとする。それが、無意識の中でチェルノブイリという言葉の持つ不気味さとシンクロナイズした。人々は無意識のうち新原発の建設地としてチェルノブイリを選んだ。そして、その何年か後に、不幸にも事故が起きるわけだ。原発の事故はたしかに不幸なことだが、それがチェルノブイリだから起きたわけではない。これが、聖書の預言が実現化されるメカニズムの例なのです」

「だが、私たちは無意識に操られているのではないのか？」

「影響は受けるが、断じて操られているわけではない。チアキ・シェスも言っていましたよ。選択というのは、人間の崇高な行為なのだと……」

「選択が崇高な行為？」

「そう。選択するたびに、世界が枝分かれしていくという説もある。パラレル・ユニバースという説を知っていますか？」

「なんとなく知っているが……。幾つもの世界が並行に存在しているという話だろう？別の世界には少しだけ違う俺がいるという……」

「そう。何かの選択が行われるたびに、宇宙は枝分かれして世界が増えていくという説もあるんです」

「そんなことになったら、宇宙はいったいいくつくらいになってしまうんだ？」

「無限に幾《た》ら足しても無限ですよ。もともと宇宙は無限に存在するのかもしれません。これは、比喩《ひゆ》的な無限ではなく、数学的な無限です」

「選択か、神聖か……」

飯島はまた考え込んだ。彼はすぐに顔を上げてマクルーハンに言った。

「あんたの専門分野に当てはまる女性がさらにひとりいる。実は、その女性の名もちあきというんだ」

綾部は思わずマクルーハンの顔を見ていた。飯島の言葉を通訳すると、マクルーハンも、まじまじと綾部の顔を見た。

飯島が言った。

「そう。あんたたちの手がかりは、ちあきという名前なのだろう。もう一人ちあきが現れたわけだ。俺は彼女をデビューさせようと考えている。だが、本人が渋っている。神経症で入院しているんだ。その原因がどうやら予知夢らしい」

「予知夢?」

「なんでも、事故だの災害だのを何度も言い当てたそうだ。本人はそんな自分の能力を持て余しちまったらしい」

マクルーハンが油断のない顔つきになった。

「神経症と言いましたね? 問題はそれですか?」

「今のところは、そういうことだと思う」

「チアキ・シェスは、そのもう一人のちあきとあなたが会うことを予見していたのだとしたら、あなたはそのちあきという女性をデビューさせる役割を担っているのかもしれません」

「だから、俺は言ったんだ。釈迦の手の上の孫悟空のような気分だと、な……」

「それは違いますね」

マクルーハンはきっぱりと言った。「あなたの役割は崇高なものなのかもしれない。そして、あなたはそれをご自分で選択されたんだ。違いますか？」

「よくわからない」

「そして、私があなたに会いに来たということは、私にもそれ相当の役割があるということですね。そうとしか思えない」

「俺に協力してくれるということか？」

「お忘れのようですね。私は心理学者です。臨床心理の心得もあります。彼女を救うのは私の役割だとは思いませんか？」

「その救うという言葉だ」

「何です？」

「二人目のちあき……、池沢ちあきというんだが、彼女は、救うという言葉を聞いた瞬間に急に具合が悪くなったようだった。顔色が悪くなって……」

マクルーハンは思案顔になった。あたかも専門家然とした表情だった。

「何かのトラウマかもしれない。あるいは、その言葉が彼女を立ち直らせるきっかけになるかもしれない」

「会ってみるか？」

飯島は時計を見た。「面会時間が終了するのは、たしか五時だった。まだぎりぎり間に合う」

マクルーハンは、綾部のほうを見てうなずいた。

綾部は、ますます得体の知れない世界に引き込まれていくような気がしていた。

13

何が起こりつつあるのか、飯島にも理解できてはいなかった。しかし、飯島はそれを受け入れることにした。思えば不思議な縁の連続だ。だが、すべてが自分の選択の結果だということになれば、受け入れるしかなかった。

すべては、中根にアイドルを探《さが》せと言われて、それを引き受けたときから始まったのだ。いや、それすらチアキ・シェスと池沢ちあきに会うために用意されたことなのかもしれない。

社長室のブースを出ると、オフィスに曽我の姿があった。つい今し方外出から帰った様子だ。

飯島は、曽我を同行させることにした。この件に関しては彼にもすべてを見届ける権利がある。そんな気がしたのだ。

池沢ちあきが入院している病院には、綾部が運転する車で出かけた。

病院に着いたのが四時半だ。話をする時間は三十分しかない。病室のドアを開ける。だが、部屋には別の患者がいた。やせ細った顔色の中年男が、おびえた様子で言った。

「何だね、あんたたちは……」

飯島は、戸口についている部屋番号の札を確かめてから言った。

「ここは池沢ちあきという患者の病室のはずだが……」

「知らんよ。ベッドが空《あ》いたというので、ようやく今日入院したんだ」

やられた、と思った。コズミック・エンタープライズが手を回したのだ。ちあきを連れ出したに違いない。まさか、仕事を再開させるのじゃあるまいな……。本人が嫌がってもレイプものなら撮《と》れる。迫真の作品ができる。篠崎がそんなことを言っていた。

「池沢ちあきの事務所に行こう。ここからそれほど遠くない」

飯島は、戸惑《とまど》っている綾部にそう言うと、廊下を足早に歩き始めた。

迂闊《うかつ》だった。飯島は舌打ちしていた。現場を離れてヤキが回ったのか……。移籍問題のあるタレントを隠すなどというのは、昔から常套《じょうとう》手段だ。当然、予想しておくべきだった。

コズミック・エンタープライズのオフィスは、昨日来たときと同様に、近代的な日常の表向きを見せている。飯島はそこに、マクルーハン、曽我、綾部の三人を引き連れて乗り込む恰好《かっこう》になった。

「マネージャーの篠崎さんに会いたい」

何事かと緊張した女子社員が一度別室に消え、それから飯島たちを案内しに出てきた。

飯島は昨日と同じ部屋に通された。だが、昨日と違い、そこに見るからに柄《がら》の悪い連中がたむろしていた。男たちは三人。いずれもスーツを着ているが、威圧的な眼や床屋に行ってきたばかりというヘアスタイルが、その正体を露骨にアピールしている。一人はサングラスを掛けている。それほど色の濃くないサングラスだが、その男が掛けるとひどく剣呑《けんのん》な感じがした。

その三人はだらしなくソファを陣取っている。ソファの中心に篠崎がいた。

飯島は、三人を無視して篠崎に言った。

「病院に行ったら、池沢ちあきが退院したという」

篠崎は、涼しい顔でこたえた。

「ほう……。そうですか」

「話がある。会わせてほしい」

篠崎は、じっと飯島を見据《みす》えている。昨日の友好的な篠崎ではない。これが、この男の本性であることは、最初に会ったときからわかっていた。

篠崎が何も言わないので、飯島は言った。

「彼女に会わせてくれ。居場所を教えてくれれば、直接会いに行く」

篠崎の左隣にいた男がいきなり怒鳴《どな》った。

「ふざけるな。てめえが隠したんだろうが！」

飯島は、その男を見据えた。まだ若い男だ。短いパンチパーマが様《さま》になっていない。ひょろりとやせているが、威勢だけはいい。眼が異様な光り方をしている。相手は、負けずと睨《にら》み返してくる。メンチの切り方には慣れているようだ。おそらく暴走族上がりだろう。

その若者を制するように、サングラスの男が言った。

「実は、私らも、ちあきの行方を探していましてね……」

「あんたらは何だ？」

「ええ、まあ、この会社の株主といいますか……」

「株主が、タレントの動向にまで口を出すのか？」

「会社にはそれぞれ事情というものがありましてね……。そんなことはどうでもいい。私らは、ちょうどあんたのことを話し合っていたんです。ちあきが消えたのはあんたの仕業《しわざ》じゃあないかと、まあ、そういう話をしていた矢先に、あんたが現れた……」

体《てい》のいい言い逃れかもしれない。

やくざ者がよくやる手だ。自分がやったことを相手のせいにしてしまう。要するに言いがかりだ。

飯島は、篠崎を観察していた。篠崎は苦虫《にがむし》を噛《か》みつぶしたような顔をしている。本当に苦慮しているような様子だ。飯島は、篠崎に尋《たず》ねた。

「あんたらもちあきを探しているというのは、本当のことなのか？」

「そう言ってんだろうが……」

先ほどのやせたパンチパーマがまた吼《ほ》えた。

飯島は、その若者を無視した。話の相手はあくまで篠崎一人だということをわからせなければならない。

「あんたもちあきの居場所を知らないということなのか？」

篠崎はようやく口を開いた。

「ちあきは今朝早くに病院を出ました。行き先はわかっていません」

篠崎は嘘《うそ》は言っていないようだ。三人の男たちがコズミック・エンタープライズとどういう関係かよくわからないが、トラブルが生じたと考えて篠崎が連絡したのだろう。ということは、篠崎が言っていることは本当だと考えていいだろう。

「ちあきの自宅を教えてくれ」

「自宅には戻っていませんよ」

「直接行ってみる。教えてくれ」

篠崎はむっとした調子で言った。

「ちあきはまだうちの所属だ。あんたにその権利はない」

サングラスの男が口を挟んだ。

「あんたら、居場所を知ってて、しらばっくれてんじゃないでしょうね？」

飯島はあくまで篠崎を見て言った。

「なら、こんなところに来るか」

「よくいるんですよ」

サングラスの男がさらに言う。「カムフラージュのつもりなんでしょうね。自分がやっておいて、こちらのせいにするつもりなのかもしれない」

先ほど、飯島も同じようなことを相手に対して思った。

そのとき、背後から誰かが肩をつかんだ。綾部だった。綾部は小声で言った。

「名前さえわかれば、こちらで住所は探し出せます」

自衛隊というのはそんなことができるのか……。綾部のその一言は、飯島にとってまたとない助け船だった。彼らもちあきの居場所を知らないとなると、こんなところに長居は無用だ。

「わかった」

飯島は言った。「ちあきは、こちらで探すことにする」

篠崎が上目遣《うわめづか》いに飯島を見て言った。

「本当に、あんたが隠したわけじゃないんですね？　私らに嘘をつくとためになりませんよ」

「こっちは気が弱いんだ。あまりおどかすな。何度も言うが、もしそうだったらここに乗り込んでくる理由などないよ」

「居場所がわかったら、ご一報ほしいんですがね……」

「そいつは約束できんな」

飯島は、彼らに背を向けた。まず曽我がいち早く飯島の意図を察して出口に向かった。綾部がそれに気づいてマクルーハンを誘って曽我に続く。飯島は、何を言われても振り向かないつもりだった。

誰も声を掛けてこなかった。

「尾行されてますよ」

ハンドルを握る綾部が言った。

飯島は、振り向きもせずにこたえた。

「あり得るな……」

「まきますか?」

「そんなことをしても意味はない。やつらはこっちの会社を知っている。それに、こちらには別にやましいことはないしな」

曽我が言った。

「タレントの引き抜きは、やましいことかもしれんよ」

こいつは、なかなか言うようになった。つい先日までくちばしの黄色いひよっこだと思っていたが、彼なりにものを考えるようになったということだ。

「正当なビジネスだよ。俺が手がけたら、ちあきは今よりずっと稼げるはずだ」

言ってから気づいたが、飯島は本当にそんな気がしていた。長く現役から遠ざかっていたことが不安でたまらなかった。彼女に会うまでは、自分の感性や企画力に自信が持てずにいた。だが、今は何とかなるだろうという気がする。

そうだ。若い頃は、もっと楽観的だった。余計なものを背負ったがために、自分で自分を縛っていたのかもしれない。

綾部は、有料駐車場に車を入れ、四人は再びミューズ・レーベルに戻った。社長室ブースに椅子《いす》を持ち込み、今後のことを相談することにした。四人も入ると、社長室はひどく狭い感じがした。

すでに庶務の八代妙子は帰宅していたので、曽我が自動販売機から缶コーヒーを買ってきて皆に配った。

「名前がわかれば、住所を突き止めることができると言ったな？」

飯島は綾部に言った。「時間が掛かるなら、こっちで当たったほうがいい」

「時間は掛からないと思いますよ」

「自衛隊ではそんなこともできるのか？」

「私たちの部署は特別です」

「陸上自衛隊だと言わなかったか？」

「そう。嘘ではありません。私は三等陸佐です。正確にいうと、私は統合幕僚会議の情報局にいるのです」

「もう何を聞いても驚かないよ」

「あの……」

曽我が言った。「どういうことになってるんです？」

「そうか。おまえはまだ、この人たちについて詳しく知らないんだったな」

飯島は、マクルーハンと綾部の目的について、かいつまんで説明した。話を聞いているうちに、曽我の口が徐々にぽかんと開いていった。

「じゃあ、何ですか?」

曽我は言った。「僕たちは出会うべくしてチアキ・シェスと池沢ちあきに会ったというのですか?」

「俺にもわからん。頼むから俺に質問しないでくれ」

曽我はマクルーハンと綾部を見たが、何も言わなかった。何から質問していいかわからないようだ。面倒な話を蒸し返されるのはごめんだったので、飯島は曽我に尋ねた。

「その後、チアキ・シェスのほうはどうなんだ?」

「両親のガードがきつくて、連絡が取りにくいんですが、何とかもう一度会うことに決めました」

「いつだ?」

「あさってです」

「日曜日だな」

「はい。学校が休みなので、時間が取れるだろうと……」

この間の飯島と曽我のやりとりを綾部が小声でマクルーハンに通訳していた。

「わかった。彼女と連絡を絶やすな。さて、問題をひとつひとつ片づけていこう。まずは池沢ちあきを見つけなければならない。それが、マクルーハン博士と俺たちの共通の関心事だ。篠崎は自宅には戻っていないと言っていた。彼らの様子からすると、嘘は言っていないと思う。さて、どうしたもんか……」

四人はしばらく押し黙って考えていた。

「篠崎はこっちを監視させているようですね。曽我が言った。こっちも真似《まね》をしたらどうです?」

「こっちも、篠崎を監視するというのか? 誰がそれをやるんだ?」

「社長にやくざかなんかの知り合いはいないんですか?」

「そんなものいるもんか。いたとしても、やくざなんかにものを頼んだら最後、尻《しり》の毛まで抜かれるぞ」

「それは、私たちが引き受けましょう」

綾部が言った。飯島は驚いて綾部を見た。

「そんなことができるのか?」

「情報部ですからね。そういうことの専門家もいますよ。ついでに、やくざがちょっかいを出してきたときのことを考えて、あらかじめ準備をしておきましょう」

「どんな準備をしてくれるというんだ?」

「それは極秘です。あなたたちにも教えるわけにはいきません」

「なるほど、自衛隊というのは行動が厳しく制限されているからな。さて、池沢ちあきを探し出す方法は他に思いつかないか?」

マクルーハンが言った。

「見つけだした後のことを考えておかなければならない」

マクルーハンが話し出すと、すぐに綾部が通訳する。

「見つけだした後？」

「彼女は、おそらく自分の立場を自覚していない。アメリカ中の、いや、おそらく世界中の予知能力者が彼女に救いを求めている。だが、本人が気づいていないんだ。ちあきは潜在的にその能力がある。だが、目覚めてはいない。それを目覚めさせなければならないのだが、その方策がわからない」

「あんたは言ったな？」

飯島が言った。「俺が何かの役割を担《にな》っているのかもしれないと……。ならば、方法は一つしかない」

「何だね、それは？」

「歌手としてデビューさせることだ。それによって、彼女の潜在的能力とやらが、発揮されることになるかもしれない」

マクルーハンは、思案顔だった。

「その可能性はなくはないが……。たしかに、歌や踊りは古来、潜在意識を目覚めさせる役に立つ。大昔から部族の儀式には歌や踊りが付き物だからな……」

「俺はあんたの話を聞いていて、ひとつだけぴんときたことがあった」

「ほう……？」

「なぜ、俺がそんな役割を担うのかと疑問に思っていた。しかし、アイドルというものはもともと何かと考えたときに、一つのこたえが見つかった。アイドルというのは、大きな力を呼び覚ます触媒《しょくばい》のようなものだ。現世では、大きなビジネスを動かすきっかけになる。CDを売って金を動かし、コンサートやイベントで人を動かす。つまり、大きなエネルギーを動かすためのきっかけとなる。人々の心を動かすからだ。それは、霊的な世界で言えば、巫女《みこ》にあたる。巫女は、歌や舞によって神という大きな霊的エネルギーを動かす触媒となるんだ」

「巫女……? そうだ。ちあきの夢を見た人々は、巫女の姿をしていたと言っていた。アイドルと巫女が同質のものだというあなたの意見は充分考慮する価値がある」

「それが一番だと思う。あんたが、アメリカの研究室なんかに連れていっても、いい結果は得られないと思うよ」

マクルーハンは、思案顔のまま飯島を見ていた。そのとき、曽我が言った。

「チアキ・シェスの力を借りるべきだと思いませんか?」

全員が同時に曽我のほうを見た。曽我は、皆の反応に戸惑ったように続けた。

「チアキ・シェスは、神の営《いとな》みとかを察知できるんでしょう? オブザーバーというか、アドバイザーにはもってこいじゃないですか」

飯島はマクルーハンのほうを見た。綾部に通訳されて、マクルーハンはうなずいた。

「実は、私もそれを考えていた。もしかしたら、チアキ・シェスは、池沢ちあきが何をすべきか知っているかもしれない」

曽我は飯島に言った。

「社長は、二人のユニットを作って売り出すことも考えていると言っていたじゃないですか。二人を会わせることに意味があるんじゃないですか？」

「おまえがそういう言い方をするとは思わなかったな。現実的なことしか考えられないんじゃなかったのか？」

皮肉に取られなければいいが……。

言ってしまってから、そう考えた。

「もはや現実的というのがどういうことなのかわからなくなりましたよ。今は、神の営みだの、予知夢《よちむ》だのを信じるほうが現実的でしょう」

「二人を会わせるというのはいいアイディアかもしれない」

マクルーハンが言った。「池沢ちあきの精神状態にいい影響を与えるかもしれないし、彼の言うとおり、チアキ・シェスが何かいいアドバイスをくれるかもしれない」

飯島は言った。

「とにかく、池沢ちあきを見つけることだ。彼女をつかまえない限り、何も始まらない」

綾部がマクルーハンを市ヶ谷に連れて帰ったのは、夜の九時過ぎだった。ＡＡＯ室のスタッフたちはまだ働いていた。マクルーハンもすぐに仕事を始めた。彼は池沢ちあきにまでたどりついた。それから、何ができるのか。それを考えるのが彼の仕事だった。最新のデータを収集することに追われていたスタッフたちは一変して、過去のデータの検索と検証に追われることになった。

綾部がＡＡＯ室にいてもやれることはない。部屋を抜け出すと、情報局の岩浅一佐のデスクに向かった。おそらくまだいるはずだ。帰宅していたら、朝一番に話がしたいというメモを残しておくつもりだった。

やはり岩浅は残っており、まだ書類と睨《にら》めっこをしていた。

「報告とお願いがあります」

岩浅は顔を上げると、目をしばたたき、目頭《めがしら》を揉《も》んだ。

「まず報告を聞こう」

「マクルーハン博士の報告にあった、ちあきという女性を見つけました。それも、二人です」

岩浅は、顔色ひとつ変えなかった。

「けっこう。仕事がはかどっているということだね」

「課長は驚かないのですか？　私などは驚きの連続で、現実感を喪失しそうです」

「アメリカ軍が言ってきたことに対処するのも我々の仕事だ。それだけのことだ」

度量が大きいのか、それとも自分と関係のないことを排除して考えられるのか。どちらにしてもたいしたものだと綾部は思った。

「それで？　頼みというのは？」

綾部は、池沢ちあきと飯島、そして篠崎のいきさつを説明した後に言った。

「コズミック・エンタープライズの篠崎を監視する要員が必要です」

「わかった。手配しよう。そういった部署の新人の訓練にはもってこいだ」

「それともう一つ。やくざたちが飯島氏に対して実力行使をしてきた際に救援することを約束しましたので……」

岩浅は初めて表情を曇《くも》らせた。

「それはかなり難しいな……」

「それは自分も承知しておりますが」

「勘違いするな。できないとは言っていない。難しいと言ったのだ。正規の手続きではできないことだが、まあ、抜け道はある。何とかしよう」

「お願いします」

「何かあったら、直接私に知らせろ。他の誰にも知らせるな。わかったな？」

「了解しました」

「今後はどうするのだ？」

「明日の朝から、私とマクルーハン博士は飯島氏のオフィスに詰めることになっています」

岩浅はうなずいた。彼がうなずくときはすべてを了承したということだ。綾部は一礼してその場を去り、ＡＡＯ室に戻った。

# 14

黒塗りのセダンが山手通りに路上駐車しているのが見えた。窓には黒いフィルムが張ってある。止まっているだけで威圧的な車だ。あのサングラスの男の手下たちが入れ替わり立ち替わりでミューズ・レーベルを監視しているのだ。

ご苦労なこった。

飯島は思った。

彼らは、俺たちがちあきを発見できると踏んでいるのだろうか。ならば、彼らのほうが楽観的だといえる。

マクルーハンと綾部がやってきて、社長室はあまりに手狭《てぜま》だということで、会議室を占領することにした。

昨日の続きで、四人でどうしたらちあきを見つけられるかを話し合った。約束通り、綾部は池沢ちあきの住所を調べだしていた。現住所は港区白金台《しろがねだい》。実家は千葉県市川市だ。曽我に電話を掛けさせたが、現住所のほうは誰も出ず、実家のほうは、母親が出たが、ちあきはずいぶん帰っていないと言ったということだ。

土曜日は休日で、社員は誰も出てきていない。もちろん、社にはいないが、どこかのスタジオで録音をしているディレクターは何人かいるだろう。

静まり返ったオフィスで、四人はそれぞれの考えに沈んでいた。沈黙が続いた。

一人の失踪《しっそう》した人間を探し出すことがこれほど難しいとは思ってもいなかった。手がかりがなさすぎる。

綾部がコズミック・エンタープライズに張り込ませた連中は何かつかんでいないだろうか。

それを綾部に尋《たず》ねようとしたとき、ドアが閉まる音が聞こえた。オフィスの出入り口のドアだろう。

誰か休日出勤してきたのだろうか？　まさか、やくざどもが乗り込んできたんじゃあるまいな……。

曽我も同じことを考えたようだ。不安げな表情で飯島の方を見た。飯島がうなずきかけると、曽我は立ち上がって会議室から出ていった。様子を見に行ったのだ。

ばたばたという足音が聞こえて、会議室のドアが勢いよく開いた。曽我が、目を見開いている。

その表情に驚き、飯島は思わず立ち上がっていた。

「どうした？」

曽我は何も言わずに場所をあけた。

戸口に立った人物を見て、飯島も声を失った。マクルーハンと綾部は何事かと、戸口と飯島を交互に見ていた。

「君……、どうして……」

飯島はそう言うのがやっとだった。

「何事ですか？」

綾部が尋《たず》ねた。

飯島はこたえた。

「彼女が池沢ちあきです」

マクルーハンと綾部は、さっと戸口に目をやり、そこに立っている少女を見つめた。ジーパンにジャンパー。黒いキャップをかぶっている。

池沢ちあきはキャップの庇《ひさし》に手をやると、それを取った。中に押し込まれていた長い髪がさっと広がり、垂れ下がった。

それは、劇的な瞬間だった。飯島は部屋の空気が変わるのを感じた。マクルーハンや綾部も同様だったようだ。ちあきは化粧っけがまったくなかった。着ているジャンパーも明らかに安物だ。しかし、驚くほどジーパンが似合っているし、キャップを取った一瞬は、輝くばかりに美しく見えた。

「どうしてここに……？」

飯島は、ただ質問を繰り返すしかなかった。

ちあきはまっすぐに飯島を見てこたえた。

「あなたは、私に救いを求めていると言いました。そうでしょう？」

「たしかにそうだ。しかし、何も病院を抜け出さなくても……」

「抜け出したわけじゃありません。ちゃんと退院してきました」

飯島とちあきは立ったまま話をしていた。それに気づいた飯島は、ちあきに座るように言い、マクルーハンと綾部を紹介した。

自分も椅子《いす》に腰を落ち着けると、飯島は言った。

「それにしても驚いた。俺《おれ》たちは、どうやったらあんたを見つけだせるか、真剣に相談していたんだ」

「外で誰かに何か言われませんでしたか?」

綾部が尋ねた。遠回しな言い方だと飯島は思った。外にはコズミック・エンタープライズとつながりのあるやくざが見張りを続けているはずだ。

ちあきはあっさりとかぶりを振った。

「いいえ」

「なるほど」

飯島は言った。「その帽子のおかげだな。彼らも、君が一人で歩いているとは思っていないだろうし……」

ちあきが言った。

「私がここへ来たのは、私には誰も救えないということをはっきりとお知らせするためです」

「待ってくれ」

飯島は言った。「それは、仕事を断るということか？」

「そういうことになると思います。そして、私はもうコズミック・エンタープライズでも仕事をする気はありません。それを言いだすチャンスをずっと待っていたのです」

「なぜだ。君は若い。未来があるんだ」

「未来？」

ちあきの表情がなぜかひどく悲しげになった。そして、顔を伏せてしまった。

その場のやりとりを綾部に通訳してもらっていたマクルーハンが言った。

「未来はもうないと考えているのですね？」

それを綾部が通訳すると、ちあきははっとマクルーハンの方を見た。

マクルーハンは続けた。

「何かの大爆発が起こって、人類は滅亡の危機を迎える。君はそう信じているんだね？」

ちあきは、ぴたりと身動きをとめてマクルーハンを見つめていた。少しでも身動きをすると壊《こわ》れてしまうと感じているように見えた。実際、彼女は声も出せずにいた。

飯島が言った。

「俺たちはみんなそのことを知っている。知っているからこそ、君が必要だと思ったんだ」

マクルーハンが綾部を通じて、続けて言った。

たはずです」

「そして、あなたもこの飯島さんならば助けてくれるかもしれない。そう思ってここへ来たはずです」

ちあきは小さくかぶりを振りはじめた。やがて、その動きが大きくなり、彼女は言った。

「違います。そんなことは期待していません。私ははっきりと断るために来たのです」

「私はもう仕事はしたくない。仕事をしても未来がないのだから……。なのに、あなたたちは、それでも仕事をしろというのか？　人類に未来がないのに、どうして将来の夢を語れるのか。本当はそう訴えたかったのでしょう。それでも、私にやれというのなら、人類の未来を何とかしろ。そう言いたいのですね」

ちあきはまた、首を横に振った。しかし、それは力のない動きだった。

「ちがいます。そんなことは……」

マクルーハンはにっこりと笑った。

「心配しなくてもいい。私は、心理学者です。臨床心理学の経験もあるし、専門は無意識や潜在意識の領域です。つまり、予知や透視といった超能力も私の専門分野の一つなんですよ。私は、あなたと同じような夢を最近繰り返し見るようになった少年少女たちのことを知っています。そして、その何人かは、チアキという名の少女のことを語ってくれました。そのチアキという少女が、人類の救いになるかもしれないと、彼らは感じているのです」

ちあきは、じっと綾部の通訳に耳を傾け、マクルーハンを見つめていた。マクルーハンもちあきから眼をそらそうとはしなかった。

先に眼をそらしたのはちあきのほうだった。彼女は下を向いて言った。

「私には誰も救えません。私はただ、何が起きるかを言い当てるだけ。私が夢に見たことは起こってしまうんです。警告しても無駄です」

「篠崎は君に助けられたと言っていた」

飯島が言った。「サイパン行きの飛行機、原宿の喫茶店、撮影スタジオの火事……。君は、少なくとも自分自身と篠崎を救ったんだ」

「でも、飛行機事故では多くの人が死にました。原宿の喫茶店でも怪我人《けがにん》が出たし、撮影スタジオは、怪我人はいなかったけれど機材にずいぶん被害がありました」

「それは君のせいじゃない」

「でも、私は知っていたんです。知っていて、何もできなかった……」

マクルーハンが言った。

「その辛《つら》さは理解できる。未来のことを何も知らずに生きている我々のほうがずっと気が楽だ。しかし、あなたが持っている力は間違いなく優《すぐ》れた能力なのだ。そして、うまく使えば、未来の被害を最小限にくい止めることができるかもしれない」

ちあきはマクルーハンを見て言った。

「私と同じ夢を見た人たちのことを知っていると言っていましたね？　それなら、わかるはずです。この危機は逃れようがないのだと……」

「何人もの人が同じような夢を見ている。だが、絶望している人ばかりじゃない」

「絶望せずにはいられないはずです。あなたたちも、同じ体験をすればきっと絶望してしまうでしょう」

「そうは思わんね」

マクルーハンは真剣な眼差《まなざ》しで言った。「なぜ大爆発が起きるのかはわからない。だが、私は何とかそれを防げるのではないかと研究を続けた。私だけではない。地球の危機について真剣に研究している人間はたくさんいる。隕石《いんせき》や小惑星《しょうわくせい》、彗星《すいせい》が地球に衝突する危険を日夜計算している研究者もいる。そうした宇宙から来る巨大な物体の軌道を変えるために、大陸間弾道ミサイルを使用できるのではないかと真剣に考えている研究者もいる。各国の核開発に歯《は》止《ど》めを掛け、核兵器に使用されることのないように日夜努力している政治家もいる。最近では、土星探査衛星のカッシーニが地球に再接近する際に、軌道を変えて地球に落下するのではないかという説もある。カッシーニはエネルギー源としてプルトニウムを大量に積んでいる。これが地球に落下すると、かなりの影響を及ぼすはずだ。しかし、それにも対処しようとしている科学者がたくさんいるのだ。人類は恐れているだけではないのだ」

「でも、大爆発は起きるのです」

「人々が大爆発が起きると思い続けていれば起きるだろうと、私は考えている。これは、私の学説に基づく考えだ。つまり、集団的な恐れが現実を招くのだ」

ちあきは辛そうに顔をしかめた。

「ならば、あなたたちも体験するといいんだわ」

「私たちが体験する?」

「そう。お望みならば、それを見せてあげましょう」

マクルーハンは飯島の顔を見た。飯島が言った。

「君がそれを俺たちに見せてくれるというのか?」

「そうすれば、私の気持ちがわかるはずです」

マクルーハンは、眉間《みけん》に皺《しわ》を寄せてちあきを見つめた。

「君にはそんなことが可能なのか? 私たち全員に同じ夢を見せることが……?」

「夢を見る必要はありません。このまま、その世界へ案内できます」

マクルーハンは混乱しているようだった。

「集団催眠とかそういうことではなく?」

「試してみますか?」

マクルーハンは再び飯島の顔を見た。それから、綾部を見て、曽我を見た。一巡して、マクルーハンが飯島に視線を戻したので、飯島はうなずいた。ここまで来たら、とことん体験をしてやろうじゃないか。でなければ、ちあきも納得しないに違いない。

マクルーハンがちあきに言った。

「いいでしょう。私たちはどうすればいいのです?」

「じっとしていてください」

ちあきは目を閉じ、何かを念じているようだった。やがて彼女は、顔を上げて目を開くと、宙の一点を見つめた。

飯島はちあきを見つめていた。やがて、部屋の中がゆらりと揺《ゆ》らいだような気がした。ごく一瞬だが、陽炎《かげろう》に包まれたようだった。だが、それだけだった。

ちあきが、一同を見回して言った。

「今日がその日です」

飯島は彼女が何を言ったのか理解できなかった。何も起こらない。会議室の中はさっきのままのような気がした。

ややあって、曽我が声を上げた。

「あれ、あのカレンダー……」

飯島は壁に掛けてあるカレンダーを見た。見たことのないカレンダーだ。写真も何もない。文字だけのカレンダーで、それはいつも会議室に掛けてあるのだが、その文字のデザインが見慣れたものと違っていた。知らないうちに誰かが掛け替えたのだろうか。飯島はそんなことを思った。

しかし、そのカレンダーの年を見てあっと声を上げそうになった。明らかに来年のカレンダーだ。開いているのは、八月。そういえば、部屋の中にはクーラーが入っている。冬用の服装をしていた四人は、奇妙に暑いのを感じていた。

「何だ、これは……」

飯島はつぶやいた。マクルーハンは、しきりに部屋の中を見回している。

飯島は他にも、妙なことを発見した。会議室の棚には、ミューズ・レーベルが出したCDが並べられているが、見たことのないものが増えている。

急にけたたましい音がして、四人ははっとした。綾部が、失礼と言ってポケットベルを取り出し、ボタンを押した。

「ちょっと、失礼します」

彼はポケットから携帯電話を取り出してダイヤルした。彼のような立場の人間は携帯電話とポケベルの両方を持ち歩いているのかと飯島は妙なことに感心していた。

綾部は情報部とやらに電話を掛けているらしい。しばらく相手の話を聞いていた綾部は、不思議そうな顔でマクルーハンのほうを見た。

「ええ？　マクルーハン博士ならここにいますよ……。ええ。たしかに自分と一緒にいます。……はい、わかりました」

彼は電話を切ると、マクルーハンに何事か英語で話しかけた。

マクルーハンは部屋の隅にある電話を指さし、国際電話を掛けるがいいかねと飯島に尋ねた。飯島はどうぞと言った。

「なんか妙な具合なんですよ」

綾部が飯島に言った。「国防総省がマクルーハンの行方を必死で探しているというんです。独断で日本にやってきたというんですね。そんなはずはないのに……」

ちあきが言った。

「それは、彼の何度目かの来日でしょう」

「え……？」

「私たちは翌年の八月へやってきたのです」

綾部が怪訝《けげん》そうに尋ねた。

「翌年の八月……？」

「そうです。八月二十日。今日が、絶望の始まりです」

マクルーハンは真っ青な顔で、電話を切った。何事かぶつぶつとつぶやいている。

飯島が尋ねた。

「どうしました？」

マクルーハンは唸《うな》るように言った。

「こんなことが本当に起きたというのか……」

「何です？」

「ついに、核ミサイルが使用された」

「何ですって？」

「中東だ。かねてからイスラエルに敵対していた国が弾道ミサイルを発射した。それに呼応して、米軍が展開し、さらにそれに応じるように、極東の半島の北側から日本に向けて弾道ミサイルを発射する動きが、偵察衛星で察知された……」

「なぜ、日本に……？」

マクルーハンに代わって綾部が説明した。

「アラブ諸国と半島の北の国は、武器売買でつながりを強めていた。アメリカと敵対しているという点でもつながっている。そして、例の国は、アメリカと同盟を結んでいる日本を敵国と認識している」

綾部も顔色を失っていた。

「おそらく、日本の米軍基地周辺をターゲットにしたものだろうが。弾道ミサイルの精度からいってどこに着弾するかわからない」

曽我がテレビを点《つ》けた。民放局だったが、番組が中断してニューススタジオからの報道が流されていた。

イスラエルも報復の動きに出ており、米軍は全軍に作戦行動を指示したということだ。

アラブの国が使用した核はおそらくパキスタンから手に入れたものだろうと番組では語っていた。

「これからどうなる？」

飯島が尋ねた。

「収束に向かうとはとても思えない」

綾部がこたえた。「ついに、人類は核戦争のボタンを押しちまったんだ」

ぐらぐらと部屋が揺れた。飯島は思わずテーブルの縁を握りしめた。

「地震か……?」

「いや……」

顔色を失った綾部が言った。「屋上は……?」

「出られるが……?」

「行こう」

綾部が会議室を出た。飯島たちはその後を追った。オフィスでは、庶務の八代妙子を始め、数人の社員がテレビに見入っていた。

屋上に出た綾部は周囲を見回した。周囲には同じくらいの高さのビルが乱立しており、見晴らしがいいとは言えない。

綾部は北東の空を見つめ、身動きを止めた。飯島もそちらを見て、凍り付くような気分を味わった。

ビルの向こうの空にぽっかりとキノコ雲が見えた。それは、おそろしい破壊とその後の放射能汚染を物語っているが、白くのどかな形をしていた。

それがよけいに不気味だった。

屋上に上った四人の男は、じっと身動きもせずにそのキノコ雲を見つめていた。真夏の日差しが照りつけ汗を流していたが、飯島はそれすらも気づかずにいた。

「これが始まりです」

背後で声がして、四人は同時に振り返った。

ちあきが立っていた。

「この戦争は、たった三時間で終わります。その三時間で、全人類の四分の一の人口が失われました。その後、放射能は全地球を覆《おお》い、また、なぜか急速に地球全体が寒くなって、食料が不足し生き残った人類も絶滅の恐怖にさらされることになるのです」

「核の冬か……」

綾部が言った。

飯島も聞いたことがあった。大規模な爆発によって巻き上げられた塵《ちり》などが成層圏を覆い、太陽光線を遮断するのだ。恐竜の絶滅も、大隕石の落下による寒冷化が原因だったと言われている。

四人はじりじりと照りつける太陽の下で、立ち尽くしていた。

「あなたは……」

マクルーハン博士が言った。「何をやった？ なぜそんなことができる？ あなたは単なる予知能力者ではない……」

ちあきは無言でくるりと背を向けた。

オフィスでは、社員たちが不安げに何事か話し合っていた。テレビが点けっぱなしになっている。やがて速報が入り、弾道ミサイルの着弾点は、東北地方のかなり関東よりであることが確認された。爆心から半径五十キロにかけては壊滅的だ。飯島はいつかテレビ番組で再現されていた広島の原爆投下直後の地獄絵図を思い出していた。

さらに、今後、遅くても二十四時間以内に、早ければ数時間後に東京にも死の灰の影響が現れるだろうという。それに対する対策は目下のところ何も示されてはいない。

すでに、関西方面へ逃げ出す車で東名、中央の両高速道路は渋滞しはじめているということだが、どこへ行こうと放射能からは逃げられないはずだった。

八代妙子は恐怖に引きつった眼で飯島を見た。その眼を見て、飯島はひどく悲しかった。

他の社員も飯島を見ている。

飯島は言った。

「何をしている。仕事などもうどうでもいい。早く家族の元へ帰るんだ」

その一言で、ようやく社員たちは行動を開始した。

くそっ。みんなは社長の俺を頼りにしているんだ。それなのに、早く帰れとしか言えない。

飯島は何もできない自分に絶望を感じた。

ちあきと四人の男は、マクルーハンに促《うなが》されて、会議室に戻った。

綾部はすぐに電話を取り、さまざまなことを確認しはじめたようだ。マクルーハンは、椅子に腰を下ろしてじっと思案に暮れている。

曽我は部屋の中を行ったり来たりし、飯島は床を見つめていた。

夢なら覚めてくれ。

飯島は思った。だが、どうやら夢ではなさそうだ。それは何となくわかる。

「みなさん、こちらに向いてください」

ちあきの声が聞こえた。「さあ、顔を上げて」

飯島はちあきのほうを見た。その瞬間に、また、あの感覚が襲《おそ》ってきた。部屋の中が、ゆらりと揺らぐ感じだ。一瞬、曖昧《あいまい》になった映像が再びくっきりと映し出されたような感じがする。

飯島はしばらく呆然《ぼうぜん》としていた。

受話器を手にしていた綾部が、我に返ったようにそれを耳に当てた。それから、独り言のように言った。

「電話が切れている……」

彼は受話器を置いた。

曽我がカレンダーをぼんやり眺めている。飯島はそれに気づいて、カレンダーを見た。たしかに今年の十一月のカレンダーだ。

棚にも、見慣れたCDしかない。彼はドアを開けて会議室の外を見た。休日の社内だった。社員は誰もいない。

「もとに戻ったのか?」

曽我が言った。

ちあきはうなずいた。

マクルーハンが顔を上げて、じっとちあきを見ていた。

何事かつぶやく。綾部があわててそれを通訳した。

「時空を超えたのかと訊《き》いています」

ちあきはかぶりを振った。

「どういうことなのか、私にはわかりません。でも、これが私の見る夢の世界です」

「これまでにも、他人を自分の夢の世界に連れていったことはあるのかね？」

「小さい頃は、友達を連れていったこともあります。でも、そのうちにそれはとても悪いことだと思うようになりました。友達が私を恐れて近づかなくなったからです」

「両親とか兄弟はご存じなのだろうか？」

「こんなこと、両親には言えません。ただ、祖母がやはりよく将来のことを言い当てていたと聞いたことがあります」

飯島は文字通り悪夢から覚めた気分だった。ああ、夢でよかったというあの気持ちだ。

しかし、あれはただの悪夢ではなかった。やがて来る現実かもしれないのだ。

八代妙子の眼《め》を思い出した。救いを求める眼。だが、何もしてやれない自分。その絶望感がまざまざとよみがえった。

ちあきの絶望感をようやく理解できたような気がした。

「彼女の夢の世界って……」

曽我が言った。「今のはいったい何だったんです?」

マクルーハン博士の言葉を綾部が通訳した。

「我々は明らかに時空を超えたのだ」

「時空?」

「そう。四次元では時間と空間を同時に認識できる。つまり、タイムスリップしたのだ」

「そんな……」

曽我は蒼《あお》くなった。「じゃあ、来年の八月二十日に、実際に起こることを見ちゃったということですか? あと一年もない。僕はどうすればいいんですか? 核戦争が起こることを知りながら、これからどうやって生きていけばいいんですか? どうせなら、知らずにいたかった……」

「落ち着け」

飯島は言った。「彼女は、その重荷を背負って生きてきたんだ」

「これでわかっていただけましたね?」

ちあきが言った。「私がもう仕事をしたくないという意味が。これから何かやろうとしても、すべては無駄なのです。来年の八月二十日。私は静かにその日を待ちたいのです。これでも、私に何かしろと言えますか?」

飯島は押し黙った。何かが起こると知っていながら自分には何もできないもどかしさ、悔《くや》しさ。それは痛いほど理解できた。

沈黙が続いた。

「わかっていただけたなら、私はこれで失礼します」

ちあきが帽子を手に取ったとき、マクルーハンが言った。

「待ちなさい。まだ希望がないわけじゃない」

通訳をした綾部を含めて全員がマクルーハンに注目した。

マクルーハンは言った。

「たしかに、我々は君に未来の世界を見せてもらった。おそらく、君は四次元の存在と手をつなぐことができるのだろう。時空の棚を自由にのぞくことができるのだ。それで、時空の旅ができるのだ。そう。たしかに、我々は来年の八月二十日に核戦争が起きるという現実を見た。しかし、それはたくさんある世界の一つに過ぎない」

ちあきが怪訝そうな顔でマクルーハンを見つめた。

「たくさんある世界の一つ」

「そう。私はそう信じている。そして、さっき我々に見せてくれた世界は、君が選択しようとしている世界なんだ」

「私が見た夢は、望んだことではありません。でも、現実となるのです」

「君が望んでいるわけではない。世界が選択しようとしているのだ」

「世界が……？」

「難しい話は、いつかゆっくりしてあげよう。かいつまんで言うと、すべての人類の無意識はつながっている。そして、世紀末を迎えて、人々はその終末的な気分に浸ってしまっているのだ。そのために、自然とそういう末世的なものを選択するようになってしまう。個人個人はそうではなくても、大勢の無意識が集まり、強い暗示作用を持ち始める。いいかね？　単なる暗示なのだ。啓示ではない。最近、ハリウッド映画でもやたらに終末的な映画がヒットしている。『ディープ・インパクト』や『アルマゲドン』といった映画だ。そして、テレビ番組でも書物でも人類は二十一世紀を待たずに滅亡するという話がもてはやされている。人々は恐怖によってそれを見る。怖《こわ》いもの見たさだ。しかし、その結果、そういう印象が無意識に蓄積される。そして、無意識はいつしか意識を陰から操るようになるんだ。大切なのは選択だ。そして常に希望を持つことだ」

「どうやって……」

ちあきは言った。投げやりな態度ではなくなっていた。真剣にマクルーハンの言葉を聞き始めたのだ。「どうやったらそれができるんですか？　私には無理です」

「私がどうやってあなたにたどりついたかわかるかね？　さまざまな偶然のようなことが重なり合った。しかし、今考えてみるとすべて必然だったような気がする」

「話してください」

ちあきの声が切実な響きを帯びてきた。「なぜあなたたちが私を探していたのか。どうやって私のところまでやってきたのか」

マクルーハンは話し始めた。綾部が即座に通訳していく。長い話だった。アメリカでの研究から始まり、チアキ・シェスを見つけたこと。そこで、飯島のことを知り、ちあきのことを知った……。

ちあきはじっと話を聞いていた。

「……そういうわけで、私は決して絶望していない。あなたがこれから何をすべきかははっきり言ってわたしにはわからない。ただ、飯島さんの役割を考えれば、CDデビューすることで、何かが変わるかもしれない。チアキ・シェスならば、そのこたえを知っているかもしれない」

ちあきは飯島を見て言った。

「本当に……、本当にそんな可能性があるのですか？」

「俺にはわからない。俺はただ、君をデビューさせたいだけだ。そして、俺はこの人たちに会う前から、チアキ・シェスと君を二人組のユニットで売り出すつもりだった」

「会わせていただけますか？　そのチアキ・シェスさんに……」

「その前に、片づけなければならないことがある。コズミック・エンタープライズとの契約はどうなっている？」

「最初に三年の契約をしました。それが切れて、今は一年ずつの更新です。ただ、一年更新になってからは、いつでもどちらか一者の希望で解約できます」

「ならば、解約手続きを取ろう。そして、こちらと契約するんだ」

ちあきはうなずいた。

「それで、未来が手に入るなら……」

「よし、曽我、恵比寿のウエスティン・ホテルに部屋を取ってくれ。スウィートがいい。今夜から彼女をそこに泊め、明日はチアキ・シェスをその部屋に招く。いいな」

「わかりました」

「俺はこれから考えることが山ほどある。あんたとチアキ・シェスのデビューを現実的なものにしなければならない。そして、マクルーハン博士は、さきほど見た核戦争を回避するために何ができるかを考えなければならない。君はホテルに入って休むんだ。カウンセリングが必要なら、マクルーハン博士に一緒に行ってもらってもいい」

「だいじょうぶです。ただ……」

「何だ？」

「前の事務所の人が、すんなり辞《や》めさせてくれるかどうか……」

「うちの社で使っている弁護士に頼もう。そっちのほうは、俺に任せてくれ」

ちあきがほほえんだ。

飯島は初めて生《なま》の彼女の笑顔を見た。それはやはり魅力的だった。


エレベーターを下り、用心して裏手の非常口から出たのだが、それが裏目に出た。細い路地でいきなり囲まれた。まだ日が高い。それなのに、連中はおかまいなしだった。

裏通りは人通りが少ない。もし通行人がいたとしても危険を察知して避けていくのだ。

最初は三人。すぐに二人駆けつけ、五人に増えた。

こちらは男が四人。だが、マクルーハンに立ち回りは無理だろう。曽我も頼りになりそうにない。頼もしいのは綾部一人だ。しかも、こちらはちあきを抱えている。

サングラスの男が歩み出て言った。

「困ったことになりましたね、飯島さん。そこにいるのは、ちあきじゃないですか？」

「彼女が訪ねてきたんだ」

「それを信じろとおっしゃるんですか？」

「事実だからな」

「ちょっと、ご同行願わなければなりませんな……」

連れ去られたら最後、ただでは済まない。そして、ちあきを連れ去られて、二度と会うことはできないかもしれない。

飯島の計画もマクルーハンの計画も、そして、人類の行く末も、この目の前の金銭欲と見栄《みえ》だけで生きているやくざどものせいで台無《だいな》しになるのだ。

そう思うと猛烈に腹が立った。

「ちあきはおたくらとは縁を切る。うちと契約するんだ」

「そういう無法は認められませんなあ……」

「無法じゃない。いつでも解約できる契約になっているはずだ」

「あんた、この世界をなめてもらっちゃこまるな……」

なめているのはどっちだ。俺は、この業界で三十年近く飯《めし》を食っているんだ。

「消えろ」

飯島は言った。「そして、二度と姿を見せるな」

怒りと使命感がやくざに対する恐怖感を駆逐していた。

サングラスの男は、下卑《げび》た笑いを消し去った。

「私らにそういう口をきくと、後悔しますよ」

「消えろと言ってるんだ」

こうなったら、やくざは引っ込みがつかない。飯島も戦いを覚悟した。黙って連れ去られるわけにはいかない。やくざと交渉ごとをするときの鉄則だ。相手の縄張りで話をしてはいけない。

サングラスの男は、顎《あご》をしゃくって合図した。二人の男が歩み出てきた。そのうちの一人は、血の気の多そうなやせたパンチパーマだった。

飯島は身構えた。

やくざたちが現れたとたん、綾部は雰囲気を察知して、ビルの戸口の陰に一人隠れた。

飯島もそれに気づいていない。

綾部は、迷わず携帯電話を取り出し、岩浅に掛けた。岩浅は席を外しており、携帯に電話するようにとの伝言が残っていた。綾部は岩浅の持つ携帯に電話し直した。

「岩浅だ」

「飯島氏に対して、やくざたちが実力行使に出る模様です」

「場所はどこだ？」

「ミューズ・レーベルの入っているビルの裏です。山手通りの裏手に当たります」

「わかった。五分で行く」

「五分て……、課長、今どこに……？」

電話が切れた。

綾部は外の様子を見た。

どうやら、飯島とサングラスの男の話は終わったようだ。二人の男が飯島に近づいていく。マクルーハンと曽我はちあきをかばうようにして、飯島に近づきつつある二人の男を見つめている。

綾部は、飛び出す準備をした。

二人は余裕をもって近づいてくる。

サングラスの男が、周囲を気にしはじめたのがわかる。いくら裏通りで人通りがないといっても、時間がたつにつれ野次馬も出始めるだろう。

それを横目で見ながら、飯島は目の前の二人を待ちかまえた。どちらかがもう一歩近づいたら、こちらから攻撃をしかけるつもりだった。法律上は相手に手を出させたほうがいいのだろうが、喧嘩《けんか》は先手必勝だ。

やせたパンチパーマのほうが先に一歩踏み出した。

「さあ、手間《てま》取らせねえで、一緒に来なよ」

その瞬間に、飯島は体当たりを食らわせた。喧嘩が愚かなことは知っている。しかし、やるときにはやらなければならない。ここでちあきをやつらに渡すわけにはいかないのだ。時間を稼げば、誰か警察に通報してくれるかもしれない。

「お……、このやろう……」

やせたパンチパーマの若者は、後方によろけて、興奮を露《あら》わにした。もう一人が飯島を押さえつけようとした。飯島は、右の拳《こぶし》を振るった。しかし、そのパンチは当たらない。男は余裕でそれをかわした。大柄な男だ。大腿部《だいたいぶ》が発達しているし、首が太い。何かの格闘技をやっているのかもしれない。

やせたパンチパーマがするすると、近寄ってきた。

飯島は咄嗟《とっさ》に後ろにさがってしまった。それを追うように二発のパンチが飛んできた。二発とも飯島の顔面に炸裂《さくれつ》する。

続けざまに目の前がまばゆく光る。地面が傾いていくように感じる。鼻の奥できなくさい臭《にお》いがした。

膝《ひざ》がふらついた。

さらに、腹にひどいショックが来た。息ができなくなる。やせたパンチパーマの若者は、飯島の服をつかんで引きつけ、膝を鳩尾《みぞおち》に見舞ったのだった。正確な攻撃だ。体が崩れ落ちそうになる。

くそっ。おまえらくだらないやくざ者のせいで、人類の危機を救えなくなるかもしれないんだぞ！

飯島は、反射的に目の前にある相手の顔に額を叩《たた》きつけた。

これが意外に効果的だった。やせたパンチパーマの男は大きくのけぞり、そのまま膝をついてしまった。鼻を押さえており、その指の間から地面にぽたぽたと血が滴《したた》った。

大柄な男が、飯島を押さえに来た。殴りかかろうとしたところを、簡単に足を払われた。柔道の心得があるようだ。

地面に尻《しり》を着いた飯島に、巨漢は蹴《け》りを見舞おうとした。飯島は、反射的に顔面を庇《かば》い、体を丸くした。

だが、衝撃はやってこなかった。恐る恐る目を開くと、綾部が巨漢に殴りかかっていた。巨漢は、巧みに綾部の攻撃をかわそうとするが、綾部はパンチと蹴りの見事なコンビネーションで相手を圧倒していた。

飯島は起きあがった。目の前にやせたパンチパーマがいた。顔面を鼻血で赤く染め、怒りに目を光らせて迫ってくる。

飯島は、恐怖に駆られ、闇雲《やみくも》にパンチを繰り出した。その間隙《かんげき》を縫って正確な相手のパンチが飛んでくる。

拳をふるい、殴られ、また拳をふるった。たちまち息が上がる。喧嘩というのはこんなに疲れるものだったのか……。たちまちふらふらになった。

加勢に来てくれないかと、綾部のほうを見ると、彼も苦戦していた。

曽我のわめき声と、マクルーハンの怒号。ちあきの悲鳴が聞こえる。二人の男が、ちあきをさらおうとしており、マクルーハンと曽我が彼らともみ合っていた。

意識がぼんやりとしてくる。痛みを感じなくなってきた。ただ、ひどく疲れた。体が鉛のようで、息が苦しい。全身が汗でぐしょぐしょだった。

やがて、巨漢のパンチが綾部の顎をとらえ、ひるんだ綾部はきれいな腰投げを決められた。アスファルトの地面に叩きつけられた綾部は倒れたまま苦悶《くもん》している。立ち上がる力はもうない。

飯島もすでに戦う力を使い果たしている。だが、やくざどもは、まったく平気のようだ。喧嘩慣れというのは恐ろしいものだ……。飯島は心の隅でぼんやりとそんなことを考えていた。

万事休すか……。このまま、彼女が連れ去られたら、きっと来年の八月二十日のことは現実となってしまう。

いやだ。俺はそんな世界を選択したくはない。何とかしたい。こいつらを何とか……。

だが、飯島にはもう力が残っていない。腹にパンチを食らった。その瞬間に最後のスタミナが体から叩き出された。飯島はゆっくりと地面に膝をついていった。

「飯島とちあきを連れていけ。あとは放《ほう》っておくんだ」

サングラスの男の声がそう命じるのを、どこか遠くで聞いていた。

もうだめか……。

飯島は、唇《くちびる》を噛《か》んだ。その瞬間に、切れていた唇から血がにじみ出た。

しかし、誰も飯島を引き立てようとはしない。飯島はそれを不思議に思っていた。

そういえば、足音を聞いたような気がする。大勢の足音だった。誰かがやってきたのか？　それともあれは幻聴か何かだろうか……。冷たいアスファルトの感触がよみがえってきた。ダメージがゆっくりと去っていき、意識が次第にはっきりとしていく。

飯島は顔を上げた。

やはり、幻覚だ。

俺は夢を見ているに違いない。あるいは、またちあきによって別の世界に連れて行かれたのか……。

細い路地の両側にそれぞれ数人ずつの男たちが立っていた。

迷彩服《めいさいふく》にヘルメット。日本人ではない。そして、さらに驚いたことに、彼らは自動小銃を持っていた。

その集団の中から、日本人が一人歩み出た。その男は、四十代初めに見えた。やはり、迷彩の入った野戦服を着ているが、デザインが他の男たちと少し違っていた。彼は、赤いキャップをかぶっている。その男だけが銃を持っていない。

やくざたちは何事が起きたのかと、その場に凍り付いている。それは、ちあきや曽我、マクルーハンも同様だ。まるで時間が止まったように見える。

迷彩服の日本人が言った。

「いきさつは知っている」

彼はゆっくりとやくざたちを見回した。

「ミューズ・レーベルに手を出すことは、我々自衛隊と米軍が許さない。今後、ミューズ・レーベルにちょっかいを出すときは、自衛隊と米軍を敵に回すことを覚悟することだ」

飯島は驚いて綾部を見た。

綾部は尻餅《しりもち》をついたまま、やはり唖然《あぜん》としている。その綾部がその表情のままつぶやいた。

「岩浅課長……」

岩浅と呼ばれた迷彩服の男が右手を上げると、米兵たちが一斉に自動小銃のレバーを引いた。その音が狭い路地に響き渡る。

「や、やめろ。わかった」

サングラスの男が言った。「冗談じゃねえ。何だ、これは……。こんな連中に関《かか》わるのはまっぴらだ」

彼はその場から立ち去った。他のやくざたちも、それを追って逃げていった。

その瞬間に、ちあきは自由になったのだ。今後、彼らがミューズ・レーベルにあれこれ言ってくることはないだろう。あとは法的な整備をするだけだ。

綾部が立ち上がった。

「課長。これはいったい……」

「この行動は一切記録されない」

「しかし、こんな街中で……。大勢に目撃されてますよ」

「構わない。これはなかったことになるんだ。しらばっくれるだけだよ。ちなみに、自衛隊員を動かすより米軍を動かすほうが何かと簡単なので、マクルーハン博士の名前を使わせてもらった」

「問題になりませんか？」

「ならない。情報局がすべて握りつぶす」

綾部は、まだあきれた表情をしていた。

「そんな恰好《かっこう》で待機していたんですか？　課長自ら……」

「当然だろう」

岩浅は言った。「こんな楽しいことを他人に譲れるか」

彼らは、すぐ近くに駐車していた兵員移送用の車両に乗ってあっという間に姿を消した。

# 15

ウエスティン・ホテルは、豪華な内装のホテルで、王侯貴族の贅沢《ぜいたく》をほんの少しだけ味わうことができる。会社から近いこともあって、飯島はしばしば利用する。

そのスウィート・ルームは、チアキ・シェスがやってくるにはもってこいの雰囲気だった。

日曜日の午後二時。リビングルーム風の部屋では、飯島、マクルーハン、綾部、そして池沢ちあきの四人が、チアキ・シェスの到着を待っていた。曽我が自宅まで車で迎えに行った。

ドアがノックされた。飯島がドアを開けると、まず曽我が入ってきた。曽我が場所をあけると、ゆっくりとチアキ・シェスが姿を現した。

思った通り、ホテルの内装と相まってチアキ・シェスはいっそう優雅に見えた。立派なホテルにも気後《きおく》れした様子はない。

「よく来てくれました」

飯島が言った。「紹介します。あちらが、池沢ちあきさんです」

チアキ・シェスは池沢ちあきを見てかすかにおじぎをした。池沢ちあきは緊張を露《あら》わにしている。

「チアキ・シェスさんに事情は話したのか?」飯島が曽我に尋《たず》ねると、曽我はさっと肩をすぼめて言った。

「ええ。僕のわかる範囲でね……。でも、充分な説明だったかどうか……」

チアキ・シェスが言った。

「説明は充分でした」

マクルーハンが言った。

「彼女には説明の必要がなかったということかもしれない」

綾部がみんなのために通訳したが、もちろんチアキ・シェスには通訳の必要はなかった。

「いいえ。もちろん、説明は必要でした」

チアキ・シェスは日本語で言った。「曽我さんの説明で、事情はよくわかりました」

飯島はマクルーハンを見た。この場は彼に任せるしかない。

マクルーハンが話し始める。綾部は、チアキ・シェス以外の人々のために通訳を始めた。

「私たちは、池沢ちあきさんのおかげで、たいへん貴重な体験をしました。来年の八月二十日を経験したのです。それはたいへん恐ろしい経験でした。池沢ちあきさんは、それが我々の未来だと言う。しかし、私は、何とかできるのではないかという気がしている。我々は、無数にある時空の棚の一つをのぞいたに過ぎない。しかし、このままだと確実にそのゴールに行き着いてしまう。どうしたらいいのか、あなたの意見を聞きたい」

チアキ・シェスはうなずいた。

「私にもどうすればいいのかはわかりません」

　チアキ・シェスは英語で言った。綾部は彼女の言葉も通訳した。

「彼女と話をしなければなりません」

　マクルーハンは池沢ちあきを見た。

　ちあきは、チアキ・シェスに言った。

「私のことをあらかじめ知っていたというのは本当なの？」

　チアキ・シェスは日本語に切り替えた。

「誰かがいるのは知っていました。でも、それがどこにいる誰なのかを、正確に知ることはできませんでした。でも、きっとその誰かを探し求めて、私を訪ねてくる人がいることは、わかっていました。それが、飯島さんであり、マクルーハンさんでした」

「私はたしかに、未来のことを見ることができるわ。未来の記憶としかいいようのないイメージが浮かぶこともある。まるで、夢を見るように、その世界に飛んでいくこともできる。でも、それだけなの。起きる災いを防ぐことはできない。ただ、見るだけなのよ」

「見ることは、関《かか》わりを持つということなのです。それが、神の営《いとな》みを知るということです」

　フームと、マクルーハンが言った。

「これは、最新の物理学の考え方にも合致している。つまり、観察者は関与者であるという量子物理学の考え方です」

彼は小声で綾部に言い、それをまた綾部が飯島と曽我にそっと伝えた。

ちあきがかぶりを振った。

「今まで、私は災いが起きることを知りながら、一度も防ぐことができなかったわ」

「それは、あなたが防ごうと思わなかったから……」

「そんなことはないわ。私は……」

「あなたは、災いを恐れていました」

「そうよ。当然でしょう」

「恐れるということは、起きることを予想しているのと同じことです」

これも、マクルーハンが言った期待不安という心理学用語と一致していると飯島は思った。チアキ・シェスの言う神の営みというのはちょっと聞くと神秘主義的だが、実は科学とすべて一致している。飯島はそのことに気づいた。こちらに最新の科学の知識があればそれが理解できるのだ。

ちあきは悲しげに言った。

「でも、災いを恐れずにはいられないわ。特に、来年起きる災いは……。たった三時間で人類の四分の一が死に絶え、放射能が地球を覆《おお》い、一年中が冬になる……」

「それを受け入れてしまったら、そこから逃れることはできないでしょう」

「でも、私にはあの光景を忘れることはできない……」

チアキ・シェスが残念そうに言った。

「あなたがそう言うのなら、私には何もすることはできない。私はただ神の営みを見るだけ。あなたは、神の営みに手をさしのべることができる人なのです」

「私は何をしたらいいの?」

チアキ・シェスはすぐにはこたえずに、静かにちあきを見つめていた。ちあきもまっすぐにチアキ・シェスを見つめている。

四人の男たちは、身じろぎもせずに二人に注目していた。

チアキ・シェスは考えているらしい。あるいは、神の意志を知ろうとしているのか……。

長い沈黙の後にチアキ・シェスは言った。

「祈ることだと思います」

「祈る?」

池沢ちあきの眼《め》にはまた絶望の色が浮かんだ。「ただ祈ることしかできないの?」

「祈るというのは、簡単なことではありません。ただ願うのとは違う。信じて、念じるのです。信じることは難しい。でも、それが祈りです」

「祈り……」

池沢ちあきは、かぶりを振った。「それが世界を変えるとは思えない」

「あなたは、神の営みに手をさしのべることができる人です。あなたは、波紋を起こすことができる。あなたは何もできなくても、あなたの祈りが大きな力を動かすはずです」

飯島は、小声で三人に言った。

「そうだ。それがアイドルの力であり、巫女《みこ》の力なんだ」

「波紋……？」

ちあきが思案顔《しあんがお》で言った。

「そうです。あなたが信じれば、それは波紋となって広がっていくに違いありません」

マクルーハンが小声で言った。

「全人類につながっている無意識に波紋を広げるということなのだろう」

ちあきは、チアキ・シェスを見つめて言った。

「私が信じて祈れば、波紋が広がるというの？」

チアキ・シェスはうなずいた。

「私が言えるのは、そこまでです。それ以上のことはわかりません」

ちあきは、チアキ・シェスから目をそらして考え込んだ。その表情から不安の色は消えない。

祈りか……。

飯島は考えた。たしかに古来、信仰を支えてきたのは祈りだ。

飯島はマクルーハンに言った。

「祈りというのは、昔から神とのコミュニケーションの手段と考えられていた。祈りが奇跡を起こすというのはあらゆる宗教で繰り返し語られてきたことだ。もし、あなたが言うように神が人類の中にいるとしたら……」

「そう。本当に信じて祈るということは、人類に共通している無意識の領域に波紋を起こすことになるのかもしれない。それは、必ず意識に働きかける。その結果意外なことが起きることもあり得る。奇跡と呼ばれている事柄の中にはそういうこともあったはずだ。つまり、祈りが神を動かすということになる」

「そして、古来、あらゆる宗教に音楽が重要な要素を占めている」

「音楽は、無意識の領域に強く働きかけるのに役立つ」

「祈りのための音楽だな？」

「そうだ」

「それが全世界の人々に聴《き》かれる必要はないということになるのかな？　つまり、ちあきが祈るために音楽を利用すると考えるなら……」

「そう。ある種の音楽は瞑想《めいそう》を深める」

「私は、そこにひっかかっていた。日本のレコードが海外で聴かれることは稀《まれ》だ。海外のマーケットにはなかなか出ていけない。世界で大ヒットするようなＣＤを創《つく》らなければならないのかと、絶望的な気分になっていたんだ。でも、今の話だと、必ずしもその必要はないということになる」

「そうだな」

「それなら、俺《おれ》の仕事としてぐっと現実味が増してくる」

「ちあきの祈りのために音楽を創るということかね？」

「そうだ。テーマは祈りだ」

飯島はちあきのほうを見て言った。「やってみようじゃないか。何もしなければ、核戦争は確実にやってくるんだ」

「私にできるでしょうか?」

「とにかくやってみるんだ」

そして、飯島はチアキ・シェスに言った。

「あなたにも是非手伝ってほしい。あなたの力も必要だ。俺のイメージでは、二人で歌うことが大切なのだ」

チアキ・シェスは、しばらく無言で考えていたが、やがて優雅にうなずいた。

「お手伝いしましょう。それが私の役割のような気がします」

飯島は曽我に言った。

「条件はそろった。弁護士に二人の契約関係をクリアにさせよう。同時に、楽曲の発注だ」

「いったい誰に……?」

「売れっ子は避けたいな。手を抜かれちゃたまらん」

「僕には心当たりはありませんよ」

飯島はふと思いついて言った。

「おまえ、『エデューソン』のキーボードは天才だと言ってなかったか?」

「ええ、才能はあると思いますよ」

「最近では珍しく、プログレのにおいがするとも言っていた。ここはひとつ『エデューソン』に任せてみるのも手だ」

「そんな……。無茶ですよ。彼らは新人ですよ」

「誰だって最初は新人だ。自分たちのデビューの前に楽曲を提供するというのも型破りでおもしろい。デビューのときにハクが付く」

曽我は迷っているようだったが、やがて言った。

「そうですね。一か八かでやってみますか」

「そう。この二人に関しては、当たり前のことをやっていちゃだめだ。すべて、一か八かでやるくらいの覚悟じゃないと……」

マルクハーンが尋ねた。

「レコードの発売まで、どれくらいかかるね?」

飯島はこたえた。

「通常なら、レコーディングからマスターテープを作るまでに一カ月。マスターからCDを焼くのにはそれほどかからないが、その他の作業がけっこうかかる。つまり、歌手というのは出しっぱなしじゃ決して売れない。事前のプロモーションや、何かの絡《から》みを付けなければならない。できれば、CMかドラマの主題歌を絡ませたいが、それを決めるには半年や一年は軽くかかってしまう」

「八月二十日が来てしまうぞ。波紋の効果を充分に出すためにも、一刻も早いほうがいい」

「それはわかっている。だが、世の中から無視されたら、デビューの意味はない。いくら、ちあきの祈りのためだと言っても、ある程度は人々に聴かれなければ……」

「やりましょう」

曽我が言った。「絡みだの何だのと言っている場合じゃありません。ちあきのファンはすでにかなりいるはずです。そして、『エデューソン』のファンもかなりいる。チアキ・シェスさんが元クマリだったということも話題として利用させてもらうんです。まず、そこから始めましょう。僕は全国の有線回りだろうが、デパートの屋上のイベントだろうが飛び回りますよ」

「デパート屋上のイベントは、ちょっとな……。二人の露出の仕方を充分に検討しなければならない。特に、ちあきにはAVという過去がある。そのイメージを払拭《ふっしょく》するだけのイメージを作らなければ……」

マクルーハンが言った。

「ちあきという存在を予見したアメリカの少年少女たちは、巫女のイメージを持っていた。もし、彼らの持つイメージと同じ演出ができれば、彼らはより一層救いを信じることになるだろう。そのCDができあがったら、私はその子供たちに聴かせようと思う」

「巫女のイメージね……」

飯島は言った。「悪くないじゃないか」

すでに、飯島の頭の中では展望が開け始めていた。

## 16

『エデューソン』の連中はいい仕事をしてくれた。曽我が言っていたキーボードの家松匠《いえまつたくみ》は、その才能を遺憾《いかん》なく発揮した。プロとしての初仕事とあって張り切ったのだろう。彼はいずれ大ヒットメーカーになるという予感を抱かせてくれた。飯島は大いに満足だった。

家松匠は、まず壮大で美しいコーラス曲を作った。潜在的に人気のあるヒーリングミュージック、つまり癒《いや》しのための音楽の要素を取り入れていた。この分野ではエンヤなどが人気だが、家松の曲はそれに充分対抗できるだけのものだった。

彼のアイディアの見事さはそこからだった。まず、池沢ちあきとチアキ・シェスの声をサンプリングして、シンセサイザーで二人の声の大コーラスを作り上げた。二人の歌にどれくらいの魅力があるかわからないと飯島が言ったせいだ。そのコーラスに彼女たちの歌をダビングしたのだが、その声にもデジタルディレイを始め数種類のイフェクターをかけて幻想的な歌声を創りだしていた。

歌詞は、日本の古語の祈りの言葉と、英語による祈りの言葉が曖昧《あいまい》にゆっくりと繰り返される。歌詞を聴くというより、コーラスそのものを楽しむ音楽として仕上がった。実際には、飯島の心配は杞憂《きゆう》で、池沢ちあきの歌唱力は問題なかったし、チアキ・シェスもコーラスで充分に鍛えられていた。二人の歌唱力が充分だったことで、家松のアイディアが一層生かされることになった。素材の声が悪いといくらいじっても結果はよくならない。素材がよいと、そのよさが増幅されることになる。

ただのヒーリングミュージックではなく、『エデューソン』のメンバーが見事にポップな曲に仕上げていた。幾重にも重ねて控《ひか》えめに流したギターのカウンターメロディーが美しい。リミッターをしっかりと効かせ、デジタルディレイの効果を生かしたベースの音が神秘的な雰囲気を盛り上げた。

用意した曲はその一曲だけ。CDにはさらにこの曲のインストゥルメンタルを入れた。曽我は週刊誌やスポーツ紙を中心に話題作りに走り回っている。ちあきの昔のグラビアやAVの話題は、隠さずに積極的に利用することにした。実際、ちあきファンは現在でもかなりの数にのぼり、不思議なことに彼らの多くはAVやヌードグラビア以外の彼女の活動を期待していたのだ。

チアキ・シェスが元ネパールの生き神であったことも話題を呼んだ。

そして、ついに、デビューの日を迎えた。『CHIAKI《チアキ》・DEUX《ドゥ》』というステージネームのふたりは同じ純白の長いローブのような衣装で人々の前に登場した。それは、ギリシャの女神のようでもあり、また古代の巫女《みこ》のようでもあった。

『INORI』というタイトルで発売された彼女たちの曲は、奇妙なところから火がついた。その曲が実際にヒーリングに役立つという噂《うわさ》が立ちはじめ、実際にその効果を実験する心理学者や医学者が相次いだ。噂が噂を呼び、癒しを求めている現代人に受け入れられた。

池沢ちあきの前歴は、予想していたほどの反発を受けなかった。NHKは出演を拒否したものの、それはたいしたダメージにはならなかった。

爆発的なヒットではなかったが、確実に『INORI』は売れ続け、『エデューソン』のデビューが助け船となった。『エデューソン』はデビュー前から話題になっており、CM絡みでヒットを飛ばした。彼らが『INORI』を手がけたという事実が口コミで広がり、相乗効果をもたらしたのだ。

そして、瞬《また》く間に月日が流れた。

春が過ぎ、夏がやってくる。

飯島は中東情勢が気になっていた。このところ、イスラエルを中心にきな臭い話題がまた増え始めていた。ついこの間、中東和平の合意にこぎつけたと思ったら、また何やらもめ事が起きている。

九八年に、ヨルダン川西岸のヘブロン近郊で、パレスチナ人が乗った車に検問の兵士が発砲して三人が死亡するという事件が起きて、中東が緊張を高めたことがあったが、今度は同じヨルダン川西岸地区のベイト・エルで小競《こぜ》り合《あ》いがあった。

イスラエルは、エルサレムを拡大する政策を打ち出し、パレスチナはこれに反発していた。イスラエルが拡大した市街地域は、イスラエル人の人口が多く、エルサレム全体でパレスチナの人口比率を抑えようという政策だからだ。

その矢先に、イスラエル兵による発砲事件が起きたのだった。

また、綾部からの情報によると、極東の半島北側の国が、アラブのI国と武器売買を巡りつながりが密になっているということだ。軍事情報筋は、近々、半島の北の国がアラブ諸国に対して武器の有効性を示すデモンストレーションを行うのではないかと予想しているという。

刻一刻、八月の二十日が近づいてきた。

飯島は、その日のことを忘れるためにも仕事に没頭した。『CHIAKI・DEUX』の人気が出始めたので、中根が色気を出し始めていた。飯島は、所属事務所をナカネ企画に移すことにした。もともと中根から言われた仕事だった。

中根にそのことを告げるとき、長いこと感じたことのない勝利の実感を得た。

八月十九日、突然の来客が飯島を驚かせた。

マクルーハンが休暇を取って日本にやってきたという。

綾部が同行していた。

「ついに明日だね」

社長室に入るとマクルーハンが言った。

「その後、グループPの様子はどうなんだ?」

マクルーハンはほほえんだ。

「みんな、二人のチアキのファンになったよ。あのCDは、たしかに効果があったように思う。みんな例の夢を見なくなったと言っている」

「問題は、明日だ。本当に、ちあきの祈りが通じたのかどうか……。それがはっきりする」

「そうだね」

「明日はちあきが会社に来ることになっている。運命の日を一緒に確認するためだ」

「実は私もそのために日本にやってきたのだ。皆と一緒に確認したい」

飯島はマクルーハンと綾部にうなずきかけた。

会議室のカレンダーはたしかにあのときに見たものだった。棚のCDもあのときと同様だ。

八月二十日。そこに顔をそろえているのは、あのときとまったく同じ五人だった。チアキ・シェスは学校に行っている。

曽我が言った。

「結局、この会議室はあのときと同じような状況ですね」

彼は不安げだった。飯島も、それは同じだった。今にも綾部のポケベルが鳴り出すのではないかと思っていた。

「だが……」

マクルーハンが言った。「あのときとまったく同じではない。我々の服装が違う。あのときは、冬用の服装だった」

そうは言ったものの、やはりマクルーハンも不安そうだった。

「恐れちゃだめですよ」

あのときに比べて格段に明るくなったちあきが言った。「信じてなきゃ……」

「そうだな……」

飯島がそう言ったとき、綾部のポケベルが鳴り出した。

一同は表情を曇《くも》らせ、綾部を見た。

綾部は、ポケベルを確認すると、携帯電話を取り出した。あのときと同じく、情報部に電話をする。

難しい表情で相手の話を聞き、やがて受話器を置いた。

あのときとまったく同じことが繰り返された。米軍がマクルーハンを探しているという。

マクルーハンは、飯島に断って国際電話を掛けた。じっと相手の話に耳を傾けている。やがて、マクルーハンは難しい顔で電話を切った。

「何だ？」

飯島が尋《たず》ねた。マクルーハンは眉間《みけん》に皺《しわ》を刻んだまま一同を見回し言った。それを即座に綾部が通訳していく。

「軍事衛星が爆発を確認した」

飯島は首筋が冷たくなるのを感じた。

「どこで？　何の爆発だ？」

「日本海上空、約千メートル。半島の北側から発射されたと見られてるが……」

マクルーハンは、表情を緩《ゆる》めて言った。「米軍の分析だと、これは人工衛星の打ち上げ実験で、打ち上げの直後、何らかの事故で爆発したものと見られている。放射能その他他国に対する影響はなし。ちなみに、アメリカが呼びかけていた新たな中東和平会談に、イスラエル、パレスチナ双方が応じることが、ついさっき決定した」

綾部は、通訳しながら次第に感慨に満ちた表情になっていった。

曽我はまだ状況が理解できないような顔をしている。飯島も綾部の言ったことを頭の中で一度反芻《はんすう》しなければならなかった。

「つまり……」

飯島は、ようやく状況を把握《はあく》して言った。「爆発は起きたわけだ」

「そうだ」

マクルーハンの表情は次第にほころんできた。「たしかに爆発は起きたけれど、それはほとんど影響のない爆発だった。中東も和平の話し合いが継続されることになった。また、衛星の打ち上げ実験失敗で、アラブ諸国は例の国からの武器売買に、より慎重になるだろう。つまり、危機は回避されたんだ」

「あのとき、日本に核ミサイルが着弾した時刻を覚えているか？」

綾部がこたえた。

「忘れもしません。午後一時三十二分。情報局で確かめましたから……」

飯島は時計を見た。

「午後一時四十分だ」

曽我は両方の拳を高々と差し上げた。

「やった！　僕たちは、危機を回避したんだ！」

マクルーハン博士は、綾部と何事か英語でやりとりをした後、両手を握りしめてガッツポーズを取った。

飯島はちあきに言った。

「よくやった。君の祈りは通じた。君は世界を救ったんだ」

ちあきは首を横に振った。

「いいえ。世界を救ったのは、ここにいるみんなだわ。そして、あなたがたは私を救ってくれた」

マクルーハンが言った。

「奇跡が起きたんだ。人類は、滅亡の恐怖に打ち勝ち、この世界を選択したんだ」

飯島はマクルーハンと握手を交わした。

「我々は祝杯を上げる権利があると思わないか？　人知れず働いた人類のヒーローとして」

　ちあきが言った。

「ヒロインもよ」

「そのとおりだ。おい、曽我、チアキ・シェスにも連絡を取るんだ」

「携帯電話に掛けてみます」

「何だ？　彼女携帯なんて持ってるのか？」

「ナカネ企画が持たせたらしいですよ、連絡用に。まあ、元クマリも今時の高校生ですしね」

　自分の携帯を取り出し電話する曽我の姿を見て、飯島は思った。

　こんな晴れ晴れとした気分はこれまで味わったことがない。『CHIAKI・DEUX』の成功が今更ながらにたまらなくうれしく感じられた。

　マクルーハン博士が、淋《さび》しげな笑顔を見せて言った。

「さて、これで私のアメリカ軍での仕事も終わりだ」

　綾部が訳したその言葉を聞くと、飯島は言った。

「危機を回避できたのだから、当然ですね」

「そうではない。私は敗北者としてお払い箱になるんだよ」

「どういうことです？」

「私は狼少年《おおかみしようねん》のようなものだ。カタストロフィーが起きる、アーマゲドンが起きると言いながら、結局は何も起きなかったことになるんだからね」

飯島は言われて初めて気がついた。マクルーハンの立場としてはそういうことになるのだろう。

「しかし……」

「いいんだよ。私は大いに満足している。勝利の気分は何物にも代え難い。私は正しかった。そして勝利した。それだけで充分だ。さて、祝杯の話じゃなかったかな?」

大きな安堵《あんど》とこれ以上ない解放感、そして、少しばかりの淋しさの中で、八月二十日は暮れていった。


午後五時にチアキ・シェスと会社の前で待ち合わせた。五分遅れている。これから皆で食事に行くことにした。互いに語り合いたいことが山ほどある。

通りは何事もなかったような日常のたたずまいだ。人が歩き、車が通る。誰もが仏頂面《ぶっちょうづら》をしているように見える。人類最大の危機は、ごく静かに人知れず回避された。

この日常が続くことがどんなに大切なことか……。飯島はしみじみと思った。

彼は、いつしかまた仕事に倦《う》み疲れた不機嫌な中年男に戻るかもしれない。それでも、その日常が貴重なのだ。そのことだけは忘れまいと思った。

「来た」

曽我が歩道を指さした。

長い髪を夕刻の風になびかせたチアキ・シェスが駆けてくる。彼女もこの日の重要性をよく知っている。その笑顔がそれを物語っていた。

夏の西日が彼女の頬《ほお》と髪を金色に輝かせていた。


この作品は、一九九八年十二月に小社（ハルキ・ノベルス）より刊行されました。

二〇〇九年改訂の上、新装版刊行。

Haruki Bunko
ハルキ文庫

こ 3-27

時空《とき》の巫女《みこ》 新装版

著者 今野《こんの》 敏《びん》

1999年11月18日 第一刷発行
2009年5月18日 新装版第一刷発行

発行者 大杉明彦

発行所 株式会社角川春樹事務所
〒101-0051東京都千代田区神田神保町3-27二葉第1ビル

電話 03(3263)5247(編集)
03(3263)5881(営業)

印刷・製本 中央精版印刷株式会社

フォーマット・デザイン 芦澤泰偉
表紙イラストレーション 門坂 流



ISBN978-4-7584-3409-6 C0193 ©2009 Bin Konno Printed in Japan
http://www.kadokawaharuki.co.jp/[営業]
fanmail@kadokawaharuki.co.jp[編集] ご意見・ご感想をお寄せください。